رواية

مهرة بلا فارس

وفاء نصر شهاب الدين

مهرة بلا فارس

وفاء نصر شهاب الدين

رواية

نوافذ عربية

أكتوبر

2006

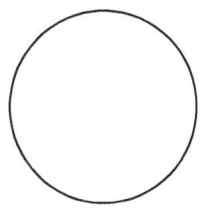

الكتاب : مهرة بلا فارس

الكاتب : وفاء نصر شهاب الدين

الطبعة الأولى : أكتوبر 2006

لوحة الغلاف : الفنان أحمد الجنايني

الصف الضوئى : ايمن عيد

التنفيذ الطباعى : دار الإسلام للطبع والنشر

رقم الإيداع :

الترقيم الدولى:

نوافذ عربية

أكتوبر 2006

مستشارو التحرير:

- ابتسام تريسى   (سوريا)
- إبراهيم زولى (السعودية)
- بان حسنى   (امريكا)
- جاكلين سلام   (كندا)
- جمال سعد محمد (مصر)
- حياة قائد   (اليمن)
- د/ زكى العيلة (فلسطين)
- سمير الفيل   (مصر)
- عبد الله البقالى (المغرب)
- فكرى داود   (مصر)
- محمد خضر (السعودية)

إهداء

إلى:

درة السعودية

رمز الصداقة والأخوة البريئة

..... أم فيصل المهان (خلاوي)

كلما تذكرتك تذكرت هذه الأبيات

للأمير خالد الفيصل فأحببت أن

أهديها إليك

والله إني بوسط الناس كاني
خلاوي

من يلوم المفارق عقب فرقة
خويه

أتجلد وأقول إني على الصبر
قاوي

والله أعلم بقلبن فيه الأشواق
حية

وفاء

عندما أنظر في المرآة، ما زلت أذكر ذلك الإحساس الذي كان يراودني في طفولتي . ما زلت أزم شفتي امتعاضاً على الرغم من التغير الكبير الذي حدث بعد تخلصي من ملامحي القديمة ملامح الطفلة القبيحة. إلى الآن أتذكر الأنف الكبير والوجه الممتلىء و تلك النظارة السميكة التي تحجب عينين ضعيفتي البصر كانتا أعجوبة ، كنت مشهورة في قريتي الصغيرة بأن لي عيني قطة وكانوا معذورين إذ أن إحدى عيني كانت خضراء والأخرى عسلية ملونة .

عند ولادتي لم تتحمل أمي ثقل هذه الكارثة وما أن فضفضت لإحدى جاراتنا بأنها اشتهت النظر إلى قطة غريبة العينين كانت تعيش في منزل جدتي حتى أصبحت هذه القصة مثار سخرية قريتنا بالكامل ، بل والقرى المجاورة . وما زاد من سوء حظي أن والدي صمم على تسميتي على اسم (الغالية) والدته المرحومة التي ماتت في عز الشباب فمنحني اسم "تفيدة " .

لا أعلم إن كان والدي يعتز بي عندما منحني ذلك الاسم أم كان ينتقم من والدتي التي فشلت في منحه الولد الذي تتوق إليه نفسه .

بعد عدة سنوات أنجبت والدتي طفلة ثانية منحتها اسم "هالة " كانت بارعة الجمال، وجهها الصغير كوجه القمر وعيناها خضراوين. كانت والدتي كثيراً ما تعقد المقارنات بيني وبينها فأنا القبيحة وهي الجميلة دائما، أما والدي فكان عندما يستمع إليها تتفاخر بجمال هالة دائما ما يزجرها ويعيرها بعدم قدرتها على إنجاب الفتى الذي سيحمل اسمه ويحمي الفتيات عندما يميل بهن الزمن ، كان والدي محقاً فربما لو كانت والدتي نجحت في إنجاب طفل ذكر ربما كانت

الأحوال تتغير ، فقد مات والدي بعد صراع مع مرض أصابه بعد أن قام أحد جيرانه بالاستيلاء على قطعة أرض يمتلكها بالقوة، لم يمر العام على والدي إلا وقد توفي ،فلا يعلم قيمة الأرض عند صاحبها إلا الفلاح الذي يروي أرضه بعرقه ويعتز بها كأطفاله سواه ....لا بل أكثر من أطفاله.

في الريف كان إنجاب الذكر من الأهمية بمكان خصوصاً عندما يمتلك المرء قطعة من الأرض فالفتى هو من سيزرع ويحصد ويملأ البيت بالأطفال ولما كانت والدتي قد يئست من الإنجاب بعد رحيل والدي لم تجد بداً من إعطاء الأرض لزوج خالتي ـ ذلك الثري ـ لكي يرعاها ويجلب لنا خيرها لنقتات منه .

أدخلتني والدتي المدرسة لأتعلم وأحصل على شهادة كبرى توازي شهادة أعظم متعلمي القرية التي ـ في وقتها- لم يكن بها سوى عدد يعد على أصابع اليد الواحدة من المتعلمين و رفضت الزواج حتى لا تفترق عنا لأن عمي وهو شقيق والدي الوحيد اشترط عليها أن يتولى هو تربيتنا في حال زواجها لأنه لم ينجب وهو أولى بلحم أخيه .

خشيت أمي الافتراق عنا ،ولكن كان للقدر رأي آخر فقد أصيبت والدتي بمرض لعين ألجم قدرتها على الحياة في هدوء، كانت آلام المرض تفتك بجسدها الذي تحول إلى شبح إنسان وفشل الطب في مداواتها، كنا أطفال نشاهد ونرصد ما يحدث ونتألم لألمها ،وما حطم قلبي الصغير بالفعل هو أنها أمسكت بإحدى يدي وهي تحتضر وأوصتني بشقيقتي خيرا ،

كنت في التاسعة من العمر ولكنني إلى الآن أذكر ذلك الموقف بل أحيانا ما أشعر بلمسة يدها ليدي فيقشعر بدني . إلى الآن أتذكر عينيها المواربتين وثغرها الذي أفتر عن بسمة حزينة ، لم أكن قد رأيت من قبل شخص ما قد فارق الحياة لذا كان مشهداً مميزاً إلى حد كبير ظللت قرابة الشهر لا أستطيع التحدث ولا النوم ولا الأكل، وجربت خالتي كل الأساليب من "طاسة الخضة " وحتى الأطباء قمة المدرج.

حياة صعبة تلك التي يعيشها اليتامى على الرغم من أن خالتي كانت توفر لنا كل أساليب الراحة لكونها ثرية إلا أننا كنا نشعر بأن شيء ما ينقصنا. كانت تنقصنا الهوية والإحساس بالانتماء لجدران البيت الذي نتوارى خلفها . ينقصنا الأمان والراحة والحب ،اشتقنا إلى بيتنا الذي تركناه للأشباح إلى أبي وصوت خطواته الواثقة خلف شباك غرفتنا شتاء عندما يخرج لصلاة الفجر ،إلى أمي وصوتها وحكاياتها الخرافية وأكلاتها وصدرها الحنون الدافئ وتعبيراتها ولهجتها القروية المميزة شديدة البساطة .

كان ما يؤلمني أشد الألم هو عدم شعوري بأنني جميلة لم يقل لي شاب قط أنني جميلة بينما كانت هاله عندما تسير يصطف لها الشباب على الجانبين ليمطروها بوابل من كلمات الغزل ،أحد المرات كنت أسير بصحبتها وعاكسها أحد الشباب فنظرت إليه باحتقار لتطاوله عليها بألفاظ مخجلة فنظر إليّ في تعالى وقال في أكثر الجمل التي سمعتها إيلاما " واحد بيعاكس الغزال ماله الغراب بينا" ، صعقت من قسوة اللفظ وما كان من هالة سوى أن جرتني من يدي وقد تسمرت وضحك الشباب على كلمته كأنهم سمعوا نكتة رائعة وصرخت هالة فيه تتهمه بإساءة الأدب وعدم الاحترام وكادت تشتبك

معه لولا تدخل الشيخ حسن الذي كان يمر بجانبنا بالصدفة ، وسارع الشيخ حسن بتوبيخ الشاب وأخذنا إلى البيت ،شكرته شقيقتي الفاتنة بينما أكل الغل قلبي ليس غيرة من شقيقتي الفاتنة إنما حقدا على منقذنا .

كان الشيخ حسن الابن الأصغر للرجل الذي تسبب في موت والدي حسرة وكمداً ، الرجل الذي خدع والدي واغتصب أرضه ولكنه لم يكن مثل أبيه، تخرج من كلية أصول الدين والدعوة الإسلامية، وعمل واعظاً يجوب أنحاء المركز كان مثقفاً قارئاً جيدا للقرآن وكان محبوبا وذا شعبية جارفة ،كنت الوحيدة التي أكرهه في الواقع فكلما سمعت صوته تذكرت والدي الذي مات حسرة فأغلق شباك نافذتي في عصبية جعلت خالتي في إحدى المرات توجهني قائلة " يا بتي الشيخ حسن مش زي أبوه يخلق من ضهر الجاهل عالم " .

متسامحة كثيراً خالتي على الرغم من عصبيتها الشديدة إلا أنها تنسى الإساءة بسرعة ولكنني لا أنساها .أعلم أن الشيخ حسن لا ذنب له فيما حدث لوالدي ولكن طبيعتي غير المتسامحة جعلت الأمر من الصعوبة بمكان ، وفي الطريق سألنا لماذا لا نذهب للصلاة في المسجد المجاور والذي يلقي فيه دروس النساء تعللت بأنني لا أجد الوقت الكافي فأنا في الثانوية العامة وشقيقتي مشغولة بدراستها أسلوبه الهادئ وكلماته المقنعة جعلتني أوافق على الاشتراك بالنشاط الخيري بالجمعية الخيرية التي أنشأها ويرأسها ، له أسلوب ساحر غريب لم يسبق لي أن رأيت شخصاً بهذه القدرة على الإقناع. بعد أن كنت أكرهه وأغلق النافذة حتى لا أستمع لصوته وهو يلقي خطبة الجمعة أصبحت أترك كل أعمالي وأصعد إلى السطح كي أستمع لكل كلمة يقولها.اكتشفت أنني ضعيفة وأن

طاقة الحقد بداخلي ما هي إلا شعاع ضال ، نسيت كراهيتي لوالده ونسيت قطعة الأرض التي كان والدي يشبهها بقطعة من كبده واستطاع هو بدهائه أن يستولى عليها كم كان رجلاً شريراً تستطيع ذمته ابتلاع زمام القرية بكاملها.

كنت ألتقي به وأنا صغيرة فأصفه بـ (الحرامي) فيشتمني وينعتني" بالحداية " كم أكره لقب الحداية هذا فهو يشعرني بمدى قبحي وهي الصفة الحقيقية الوحيدة التي كنت أشعر بها بداخلي ، نعم أنا لست جميلة ودائما ما كنت أشعر بالانقباض عندما أنظر إلى المرآة فأنا لست مقبولة حتى ،كأن أختي استأثرت بكل الجمال وتركتني هكذا ، كنت أراقبها وهي تنظر إلى المرآة وتبتسم فتكشف عن صفين من الدر ،وغمازات تطير الصواب ،وحاجبين لم أر في مثل جمالهما ،وعينين لامعتين يخيل لمن يراهما أنهما تشعان بريقا فيروزياً ، كان وجهها لوحة لا تدل على شيء سوى إبداع الخالق ، كانت القرية بكاملها تضرب بها المثل في شدة الجمال وتضرب بي المثل على شدة القبح.

لم أكن أهتم بنفسي فلن أبدو جميلة كشقيقتي مهما فعلت لذا كنت أهتم بتنمية عقلي واهتممت كثيرا بثقافتي فلم تكن في قريتنا فتاة تمتلك نصف كم المعلومات التي أمتلكها وكان هذا هو الشيء الوحيد الذي يشعرني بنفسي ، كنت أشعر في داخلي بأنني سيكون لي شأن عظيم وأن حياتي البائسة ما هي إلا بداية لحياة أخرى أستحقها،وأن" الحداية "التي يتندر بها شباب القرية ربما ستحولها الأيام إلى طاووس يتمنى الجميع النظر إليه.

ظهرت نتيجة الثانوية العامة والتحقت بكلية الآداب على الرغم من المجموع العالي الذي حصلت عليه، فقد أقنعني

الشيخ حسن بدخول كلية الآداب لأن موهبة الكتابة لدي تستحق التضحية بالمجموع العالي ، لألتحق بالكلية التي ستصقل موهبتي، فقد كنت أكتب قصصا وهمية لأعرضها عليه كإنسان مثقف فأخبرني أحد الأيام أنني سيكون لي شأن عظيم لو امتلكت ناصية اللغة ودرست البلاغة والنحو والصرف وغيرها من علوم اللغة العربية .

أنهت هالة دبلوم التجارة وجلست في البيت لتعلمها خالتي فن الطهي وغيره من الأمور المنزلية أما أنا فقد أخذت أذاكر بجد حتى أحقق أملي في التميز ، كتبت إحدى القصص القصيرة وقدمتها إلى مسابقة أقامتها الجامعة، وبعد مدة اكتشفت أن قصتي حصلت على المركز الثاني في المسابقة . وسعدت أيما سعادة فحلمي كاد يتحقق فأنا بالفعل امتلك الموهبة ، لقد قام أحد أساتذة الأدب العربي بالإطراء على موهبتي أمام جميع الطلاب وأخبرهم أنني أمتلك أسلوبا رائعا وأفكارا جديرة بالاحترام وأنني سأصبح في يوم ما ولا شك من كبار الروائيين في مصر ،وكم تمنيت في هذه اللحظة أن أكون جميلة فقد نظر إلي زملائي نظرة غريبة، منهم من كان يقدر ما كتبت وأعجب به ونظر إلى باحترام ومنهم من نظر إلى كقروية قبيحة ذات لهجة (فلاحي) تمتلك موهبة لا تستحقها .

ما أن عدت إلى القرية حتى التقيت بالشيخ حسن وحكيت له ما حدث وشعرت بأنه سعيد لأجلي ، لا أدري لماذا كنت أذهب إليه وأخبره عن مشاكلي وأحلامي، كنت كلما حدث شيء أرغب في أن أحكيه له ولو كان شيئاً تافهاً لا يستحق الحكي .

وخشيت للحظات أن أتعلق به وكانت خشيتي بعد فوات الأوان بكثير. لقد غرقت لآذاني في غرامه وأصبحت لا أرى

الدنيا من خلال نظارتي السميكة كنت أراها من خلال عينيه هو ، لا أدري إن كان مغرما بي أم لا ولكنه كان طيباً حنوناً ومحترماً معي وكذلك كان مع كل الناس ، كان يهتم بي ويجلب لي الكتب والمجلات والروايات لأقرأها فقد كانت لديه مكتبة ذاخرة بأمهات الكتب الأدبية والإسلامية أهداني " العقد الفريد "في أجزائه الثمانية و"البخلاء"للجاحظ و"المستطرف"و"الموطأ" و"في ظلال القرآن" وبفضله استطعت تكوين مكتبة صغيرة تحتوي على عدد من الكتب المهمة بالنسبة لي .

عندما أنهيت دراستي عدت إلى القرية مرة ثانية لأحيا الحياة الرتيبة المهملة التي لا تحتوي على جديد ، كل يوم أقضي الصباح في ترتيب المنزل والظهيرة في المطبخ والمساء أشاهد التليفزيون ، كل يوم يشبه أخيه ملل ورتابة ، وما خفف عني قليلا هو أن نجوى ابنة خالتي اشترت جهاز كومبيوتر وأخذت تتعلم برامجه وتعلمها لي ودخلنا معا عالم النت ويا له من عالم!

منذ عدت للقرية لم أر الشيخ حسن كثيراً وسمعت أنه سيسافر إلى الكويت،اعتقدت أنها إشاعة سخيفة ولكن أحمد ابن خالتي أكد لي هذه الشائعة، وضاقت بي الدنيا فقررت لقائه فذهبت إليه في الجمعية الخيرية فوجدته يرتب بعض الكتب ،ألقيت عليه السلام في حذر فابتسم في هدوء عندما رآني وهمس قائلا "إزيك يا تفيدة "، على الرغم من أنني أكره اسمي ولكنني شعرت بجماله عندما عانق شفتيه وخرج من بينهما كأعذب سيمفونيات بيتهوفن .

كنت مترددة ولكنني تشجعت وأخبرته بما سمعت فابتسم في بساطة وقال وهو يحاول أن يبعد عينيه عني :

- إيوه هسافر الكويت العيشة هنا ما بقتش تلد على حد

سألته :- ليه بس يا شيخ حسن ؟ أنت راجل محترم كل الناس بيحبوك أيه اللي يخليك تسيب بلدك وتسافر؟

ولم يرد ولكنني أعرف السبب جيداً لقد تجاوز الشيخ حسن الثلاثين ولم يتزوج بعد وكيف يتزوج وقد رفض مساعدة والده لاعتقاده بأن أمواله من حرام ومرتبه لا يكفي نفقته الشخصية، مسكين . فهو يشبه كثير من الشباب الذين يعملون في الوظيفة الحكومية وراتبهم لا يكفي نفقات الانتقال لمحل العمل.

سافر الشيخ حسن وكنت أعتقد أنني فارقت العالم ورافقته كان يشعرني بالأمان وهو في القرية حتى ولو لم نتقابل ، مجرد وجوده في القرية يطمئنني ، أصبحت أحيا بلا روح ، كنت أعيش معه في الخيال أنسج قصة أنا بطلتها وهو البطل الوسيم وأعيش معه حياة كاملة تزوجت منه وأنجبت وكبر الأطفال ورفض خروجي للعمل لغيرته الشديدة علي هههه .

كل هذا كان خيالاً طبعا، فقط خيال يعذبني. كنت أعاني وحدي لا أحد يشعر بي آآآآه .... إن حلمي لن يتحقق أبداً . هذه نقطة محور الإحباط الذي ظل يلازمني منذ الصغر لا أعتقد أن هناك رجلاً يمتلك من الغباء شيئاً يدفعه للاقتران بي .

لن أتزوج أبداً لأنني قبيحة ،لم يتقدم للزواج مني شخص واحد بينما هالة تقدم لها العشرات وهي تتدلل وترفض، تقدم لها أحد الشباب وكان وسيما موسرا فرفضته وعندما ناقشتها أخبرتني أنه يركب الحمار ليصل إلى غيطه وصعقت هل ركوب الحمار في الريف المصري أصبح عيبا تعيب به الفتاة الشاب الذي تقدم لخطبتها؟ إنه متعلم ويمتلك عدداً كبيراً من الأفدنة ما ضير ركوبه الحمار؟

إذا رفضت الفتاة عريسا ما فلابد أن يكون سبب الرفض منطقياً وتدخلت خالتي لتهدىء الجو فقد زدت عن حدي في الدفاع عنه، واشتكت هالة إلى خالتي وقالت في مجمل شكواها " إذا كان عاجبها تروح تتجوزه هي " وشعرت بالإحراج لتدخلي السافر ولكنني أردت فقط أن تتزوج أختي حتى لا تصل لسن لا تستطيع فيه الزواج ، وحتى لا تنعتنا نسوة القرية بأننا عوانس .

مر عام وعاد الشيخ حسن وشعرت بأنني كدت أطير لأصل إليه ولكنني لم أجرؤ على الذهاب لبيته وانتظرت إلى أن وصل إلي صوته في خطبة الجمعة .والأكثر أنه زارنا في المساء هو وبعض رجال القرية الكبار . اعتقدت أنه اشتاق إليّ وجاء لزوج خالتي ليسلم عليه ربما ليراني ولكنني اكتشفت أنه جاء لهدف آخر بعيد كل البعد عن تفكيري لقد جاء ليتقدم لخطبة هالة أختي الجميلة .

كدت أصاب بأزمة قلبية عندما سمعت الخبر، يا إلهي إنه يرغب في الزواج من شقيقتي الجميلة ! وأنا؟ ماذا كنت أمثل له طوال كل تلك المدة؟ هل كنت الكوبري الذي مر عليه لشقيقتي بارعة الجمال؟ وثار الحقد القديم مرة ثانية في قلبي واعترضت بشدة على هذه الزيجة وسألني الجميع عن السبب ، ولم أجرؤ أن أخبرهم أنني أعشقه وذكرتهم بما حدث لوالدي المسكين من جراء ما فعله والده به ، لقد تسبب في موت والدي ، نظرت هالة إلي نظرة ذات مغزى فقد كانت تعلم أنني معجبة به وكان واضحاً جدا أنني أحترق بالنار، اعتقد الجميع أنها الغيرة ولكنها كانت نار الحب ، الحب الطاهر البريء الخالي من أي رغبة غير شريفة .

كانت النيران تلتهمني ولم يشعر بي أحد سوى" نجوى" التي كانت تلاحظ القصة من بعيد دون أن تتكلم ،

ولم تشأ هالة رفض العريس فقد كان عريسا لقطة جاءها محملا بالهدايا كما أنه وسيم مهذب راقي فأخبرته أنني من يرفض زواجها منه .

في صباح أحد الأيام ذهبت لأزور قبر أبي وأمي وبكيت حتى آخر قطرة حتى لا أبكي ألمي وتلك اللوعة المرة في المنزل أمام الجميع. وبعد أن تعبت من البكاء غسلت وجهي في القناة المجاورة ومررت بحقل والدي رحمه الله وجلست تحت شجرة التوت الكبيرة بينما راح أحد المؤجرين يعد لي كوباً من الشاي على "الراكية" أغمضت عيني وأسندت رأسي إلى الشجرة ،وسقطت دمعة ساخنة رغما عني ،مددت يدي لأمسح دمعة القهر فشعرت بشخص ما بجواري، فتحت عيني لأجد الشيخ حسن ممسكا بكوب الشاي ناولني إياه فوضعته جانبا ، ولا أدري لم سقطت كل هذه الدموع دفعة واحدة ، كنت أريد أن أبدو قوية متماسكة ولكنني بدوت ضعيفة منهارة أثير الشفقة ، سألني في همس عن سبب رفضي لزواجه من شقيقتي فأخبرته بأن شرط السفر الذي وضعه على كاهلنا حين اشترط أن تسافر معه هالة إلى الكويت وأنا لا أستطيع الابتعاد عنها وهي شقيقتي الوحيدة .
سألني إن كان هذا هو السبب الوحيد حينها قلت بأننا نخشى أيضا أن ينكل بها والده، ضحك ضحكة هادئة وقال "ما تخافيش أبويا مالوش دعوة بيها أنا راجل وأقدر أحمي الست اللي هجوزها ، وموضوع السفر ده مالوش حل غير إنك تبقي تزورينا في الكويت هابقا أبعت لك دعوة وتذكرة الطيران كمان يا ستي ولا يهمك فيه حاجة تانية مزعلاكي من الجوازة دي؟

شعرت أنه مصمم تخيلت حتى أنه سيشفق علي بعد أن رأى لوعتي وحزني ولا أعلم كيف رددت عليه قائلة "مبروك يا شيخ حسن ...... مبروك عليك هالة".

كنت أشعر بإهانة كبيرة والغريب أن تلك الإهانة فجرت بداخلي طاقة كبيرة منحتني القوة لأتحمل في كبرياء، وهممت بمغادرة المكان إلا أنه قال في نبرة شبيهة بالحنان :

ـ تفيدة أنا عاوز أقولك حاجة ......

ـ قول يا سيدنا الشيخ .

أكمل في ثبات :

ـ انت غالية علي قوي والله ، مش عايزك تزعلي ، كل شيء نصيب .

ذبحتني تلك الكلمات ، تجمد كل شيء بداخلي ، وعجزت عن النطق وراح جسدي يستسلم لقدمي اللتين اتجهتا صوب المنزل فقابلتني هالة موبخة " كنت فين لغاية دلوقتي يا ست هانم"؟

اقتربت منها وأخذتها بين ذراعي وبكيت ولا أعلم لم بكت هي الأخرى فأنا من تعرض للذبح ، و صدري من تعتلج فيه الهموم والآلام ،ولكني وكعادتي في استقبال الصدمات رحت أمنح عقلي حرية القرار ، فالعقل هو من يكسب دائما مثل هذه الجولات حينها جاء القرار كيد حنونة تداعب الخيبة كي تنام قلت لنفسي : إذا كان الشيخ حسن لا يحبني فهو يحب شقيقتي وهذا أفضل من أن يتزوج أخرى فلأبارك لشقيقتي وأقف بجوار تلك اليتيمة المسكينة كأم رءوم ،ولأضع قلبي تحت حذائي لأسحق تلك المضغة التي لم تجلب لي سوى التعاسة والشقاء .

ومرت الأيام بسرعة وزفت شقيقتي ووقفت في المطار لأودعها وأنا أحترق من الداخل ،ولكنني وعلى الرغم من

حرقتي بدأت أشعر بالسعادة لأن شقيقتي وفقها الله وارتبطت بشخص مثل الشيخ حسن . ومرت الأيام وبدأت أتناسى ما حدث وأتعامل معه على أنه أمر واقع ومسألة طبيعية فقد كنت أهاتف شقيقتي لأطمئن عليها ، وهي تحادثني بصورة طبيعية ولكن أحيانا ما كانت تنتابني الأشواق القديمة ولكنني كنت قد أجدت التعامل معها وكنت صارمة في كبتها وإحباط محاولاتها لتثير ذلك الحب الممنوع مرة ثانية فهي لم تجلب لي سوى الوجع.

اقترحت عليّ نجوى ابنة خالتي -وقد تزوجت هي الأخرى- أن أخرج انفعالاتي الحادة في رواية أدبية خصوصا أنني قد أهملت الكتابة في الفترة الأخيرة ووجدتها فكرة مناسبة ، وبدأت في نسج خيوط الرواية ثم كتابتها ،إنها متعة تفوق كل المتع الحسية عالم آخر يشعرني أنني أحلق في فضاء رائع ، أعيش مع كل شخصيات الرواية الطيب والشرير الحالم والواقعي .

لم تكن أول رواية أكتبها ولكنها كانت مميزة لأنها كانت تتلو صدمة نفسية شديدة ، لذلك كانت مشاعر الأسى والألم تطغى عليها في مواقف رومانسية شديدة الصعوبة ،انشغلت في كتابة الرواية لدرجة كبيرة فكنت لا أخرج للتنزه كعادتي ، كنت أود الانفراد بنفسي حتى أستجمع كل خيوط الرواية .

وفي إحدى الليالي أثناء كتابتي على الكمبيوتر وجدت خالتي وقد جاءت لتجلس بجواري ، وسألتني عن سبب حالة العزلة التي فرضتها على نفسي قسرا ،ولم أجد ردا مناسباً سوى أنني مشغولة بعمل يسليني فطلبت مني أن أذهب لأزور نجوى في بيتها فرفضت ، عرضت علي أن أذهب لعمي عدة أيام حتى أغير الجو الكئيب الذي أعيش فيه فرفضت .

تركتني خالتي وهي غاضبة ،وفي اليوم التالي طلب مني أحمد ابن خالتي أن أذهب معه إلى الغيط لنتنزه بين الجداول واللون الأخضر الرائع ونمضي يوما في الهواء الطلق فكررت الرفض ،فسألني عن هذا الجدار الذي أضربه حول نفسي فمنذ ذهبت إلى القاهرة لأودع شقيقتي في المطار لم أترك المنزل ، فكلمتـه بأسـلوب غيـر مهـذب وطلبت منـه أن يكف عـن مضايقتي، وغضبت خالتي وسألتني ألا أعامل أحمد (الحيلة) بهذه الطريقة فهو يحاول مساعدتي ولا أدري لماذا قلت لها جملة هي أقبح ما نطقت من جمل طوال حياتي مذ تعلمت النطق ،أخبرتها أنها ترغب في الخلاص مني وزاد غضب خالتي وقالت بصراحتها المعهودة :ـ أنا مش عايزه أخلص منك يا شملولة ،أنا عاوزاكي تطلعي من جهة تغيري جو ومن جهـة تانيـة يمكن واحد ينطس في نواضرة ويشوفك يعوز يخطبك وتبقـي في رقبـة راجـل بـدل مـا انت قاعدة لـي زي الخايبة اللي كابة طحينها كده !"

وتعجبت لأن خـالتي تظن أن هنـاك شخصـاً مـا في هذا العـالم يمتلـك مـا يكفـي مـن الغبـاء بحيث يتقـدم لخطبتـي ، مسكينة خالتي إنها شديدة الطيبة تظن أنني فتاة عادية يمكن أن تتزوج كسائر الفتيات ، أتذكر أنها عرضت على أحمد ابنها الـزواج منـي أحـد الأيـام فضحك ضحكته الـشقية قـائلا:ـ تفيده؟ بنت خالتي ؟ اتجوزها ليه دي؟

فردت خالتي بأنني لحمه واللحم (الباير) لأهله ،كما أنني أمتلك عدداً من الأفدنة يزوج من هي أبشع مني، فضحك وأخبرها أنني لو كنت أمتلك ألف فدان لما استطاع الزواج مني، فلا يستطيع أحد الزواج من عفريتة! لـم يكن يكذب فأنا أبشع من العفريتة !

في أحد الأيام دخلت خالتي علي متهللة لتخبرني بأن هناك من تقدم لطلب يدي استغربت لسعادة خالتي المبالغ بها وسألتها عمن هو أعمى القلب قبل النظر فأخبرتني بأنه "الملوم بن زيدان العجمي" لا أدري لم صعقت إنه شاب عادي أكمل تعليمه إلى الإعدادية بأعجوبة وأخذ الدبلوم بقولة(روحولنا يا خلق هوه) .

وانضم إلينا أحمد وهو مبتسم وسألته عن سر ابتسامته فسألني إن كنت أوافق أم لا فأجبته بالنفي فقال لي " يا بت خالتي دا سيده كان يقتل الراجل ويروح يحلق عند أخوه ، ويدبح للراجل من دول دكر البط واللا الجدي ويعشيه ويقتله وهو موصله ، وكمان أبوه كان حرامي "

بهتت خالتي ونظرت إلى أحمد نظرة غاضبة وقالت موجهة حديثها إلي " بقا مش عاجبك العريس ده؟ هاتستني مين يجيلك بقا إن شاء الله ابن رئيس الجمهورية واللا ابن رئيس الديوان؟"

وأجبتها " يا خالتي ده ولد صايع وقليل الرباية وبعدين تلاقيه طمعان في الفدانين يلهفهم وأقعد أنا بحسرتهم "

ردت خالتي : ـ وانتي فاكرة يا حلوة اللي هيجوزك هيجوزك على أيه؟ يا خايبة دا كفاية إنه زي القمر .

وتدخل أحمد:ـ زي القمر أيه يا حاجة ده على رأي المثل جوزوا مشكاح لريمة والاتنين .... لم يكمل لأن خالتي قذفته بكاسيت كان على المكتب بجوارها فانطلق جارياً قبل أن يصيبه.

وكادت تحصل مشكلة كبيرة بسبب هذه الزيجة فخالتي مصممة فهي لن تضيع هذه الفرصة النادرة بعدما أتعبت قدميها في الذهاب إلى الشيخ " عليوة " وهو سحار عليم بالقرية وبعد أن أرهقت من كثرة فك الرصاص حتى تفك العمل الذي يقف حائلاً دون زواجي!

18

كانت خالتي مصممة على الموافقة وأنا مصممة على الرفض وما بين ذلك وذاك كثير من المناوشات وما أنقذ الموقف هو وفاة زوجة عمي وانتقالي إلى بيت عمي فهو مريض ويحتاج للرعاية فهو لم ينجب ، ولا أستطيع تركه بدون مرافق وهو في هذه الحالة .

انتقلت إلى بيت عمي وكأنني انتقلت إلى عالم آخر ، فعمي رجل متفاهم مثقف ثري أحاطني بالحنان الذي أفتقده وطوقني بالحب والدفء ، جلب لي الروايات التي أحبها ،وأهداني جهاز كمبيوتر خاص بي حتى أدخل على شبكة الإنترنت وأكون أصدقاء، وأتعرف على ثقافات مختلفة بدلا من العزلة التي فرضتها على نفسي قسرا .

كان يأخذني معه في جولاته التي يباشر فيها أرضه الواسعة وأخذ يشرح لي حدود الأرض وطرقها حتى لا يخدعني أحدهم بعد وفاته فعمي ورث زوجته الثرية وأنا وشقيقتي من سنرثه بعد عمر طويل.

مكتبة عمي الكبيرة ساعدتني في تنمية ثقافتي وثروتي اللغوية كانت مليئة بالكتب التي تلاءم كافة الأذواق كما أن لعمي ذاكرة قوية في استيعاب كل الأحداث التاريخية التي مرت بها القرية وكان أبشع ما سمعته على الإطلاق هو قصة "فهيمة" وهي امرأة مريضة عقليا ، تعرضت لقصة مؤثرة غريبة فقد كان هناك معتقد في العصور القديمة أن ماكينات الطحين الحديثة لا تدور إلا إذا أريق عليها دم آدمي ووقعت عين صاحب أحد الماكينات على فهيمة لتكون هي الضحية التي يضعها على السير حتى تأكلها الماكينات ثم بعد ذلك تبدأ الماكينة في عملها الطبيعي .

عرض الرجل مبلغاً كبيراً من المال مقابل فهيمة ولكن أهلها رفضوا فما كان منه إلا أن خطفها بعد أن أغراها بقطعة حلاوة ووضعها على سير الماكينة لتقطعها إرباً وبعد أن

غسل العمال الطاحونة جيداً من الدماء وجدوا كمية كبيرة من الدم كلما يغسل الدم يعود كما كان والأكثر خرجت عفريته فهيمة لتجوب القرية وتصرخ بأن الرجل قتلها وأن شبحها سوف ينتقم من كل من يدخل الماكينة.

كانت القرية في الماضي تعاني من ظلام دامس وكانت مسألة التصديق بظهور العفاريت واردة وإلى الآن ماكينة الطحين مغلقة لم يفتحها أحد. كان صعب عليّ أن أستوعب هذه القصة وكذلك عمي الرجل المثقف، ولكنه سمعها من كبار القرية وسألت خالتي عنها فارتعبت وأخبرتني ألا أذكر هذه القصة ثانية فعفريت فهيمة قابع في مكان ما ينتظر الانقضاض على أحدهم ! ظللت فترة لا أنام فعقلي لا يصدق هذا الهراء ولكنني أخشى أن تكون الحكاية حقيقية كنت أغلق على نفسي الباب بالمفتاح ولاحظ عمي ذلك وسألني عن السر فأخبرته بأنني أخشى العفاريت فضحك قائلاً " يعني هو العفريت لو عايز يدخلك مش هايدخل من الحيطة ؟!" ومن يومها أصبحت أنام وباب غرفتي مفتوح حتى إذا فعلها العفريت وقرر الدخول إليّ من الحائط جريت لأخرج من الباب!

للريف حياة مميزة ففي التاسعة مساء تجد الهدوء الشديد والظلام الدامس لا يخرج أحد من بيته سوى القليل من الشباب أما الباقون فهم أمام أجهزة التليفزيون أم نائمون أما أنا فحياتي تختلف كثيرا أسهر طوال الليل لأعطي عمي الدواء الذي يؤخذ على فترات متقطعة .

كنت أطمئن على نوم عمي وأتأكد من إعطائه الدواء في موعده وأجلس على جهاز الكمبيوتر . رائع هو عالم النت لا حواجز ولا قيود تعرفت على أصدقاء من كل العالم العربي كل

القوميـات؛ عـادات و تقاليد مختلفـة ثقافـات مختلفـة لهجـات غريبـة ولكنها مميزة فاتنة.

تعرفت منذ فترة على شاب لبناني اسمه " نيكولاس " يسكن بمدينة جونية التي تبعد قليلا عن بيروت ولا أدري لم أعجبت به منذ حديثنا التعارفي الأول فقد كان ظريفا لدرجـة لم يسبق لي أن رأيتها .اتفقنا على الصداقـة فاختلاف الدين بيننا لن يسمح بإقامة علاقة عاطفية وهذه هي أسمى أنـواع الصداقات الخالية من أي هدف غير نبيل .

كانت المشكلة الوحيدة أنه يريد أن يراني على" الويب كام" أو على الأقل من خلال صورة ، لـم تواتيني الشجاعة خاصة بعدما رأيته على الويب كـام فهو شاب يشبه نجوم السينما وسيم شديد الأناقة والجاذبيـة أمـا أنـا فريفيـة قبيحـة المنظر.

بعد فترة من الإلحاح الشديد من جانبـه رأيت أنـه يجب علـي ألا أغـشه فهـو صـديقي وقـد اتفقنـا علـى الـصراحة المتبادلة.

فأخبرته أنني أتردد في رؤيته لي ليس لأنني لا أثق بـه بـل لأنني شديدة القبح وأنني أخشى أن ينهـي صداقته لـي بمجرد أن يرى صورتي. وفي لحظة يائسة وضعت صورتي أمامـه على الشات بوكس وتخيلتـه وهو يرى الصورة وقد قطب حاجبيه وزم شفتيه في امتعاض وصمت قليلا وشعرت بدموعي تلهب وجنتي ولكنـه قال في هدوء" توتي الله مـا خلق حدا بدون جمـال الجمـال الحقيقي هوي الجمـال الداخلي وانتي بنظري أحلى بنات الدني " " كـان ردا دبلوماسيا ولم أرد فقد أغلقت جهاز الكمبيوتر وصعبت عليّ نفسي وأخذت أبكي في حرارة وعـادت عقـدة القبح مـرة ثانيـة تـؤرقني . الحقيقة هي لم تفارقني لحظة واحدة حتى تعود إليّ .

21

لـم أنـم ليلتها ولاحظ عمـي في الصباح حالتي المزريـة وسألني فأخبرته أنني أعاني من صداع قاتل نتيجة لسهري وشعرت بتغير وجه عمي لأنه هو الذي يتسبب لي في السهر حتى أراعيه ليلا وألبي احتياجاته إذا احتاج شيئاً ما .

وعز عليّ أن يضع عمي وجهه في الأرض بسببي وهو الوحيد الـذي أضـعه فـي مكانـة والـدي رحمـه الله وتذكرت مواقفه معنـا منـذ مـات والـدي ورفضت والـدتي أن تعطيـه الأرض ليشرف عليهـا هـو لخلافـات والـدتي المـستمرة مـع زوجته التي كانت تغار وتخشى من زواج عمي لوالدتي بعد وفاة أبي خاصة أنها كانت لا تنجب .

على الرغم من ذلك كان يهتم بنا ويزورنا على الرغم من المشكلات التي كانت زوجته تفتعلها مـع والـدتي لتبعده عنا . وأنهت أمي المشكلات بموتها وطلب عمي منها قبل وفاتها أن توصي له بنا حتى نحتمي به إلا أنها رفضت وأوصت بنا إلى خالتنا وغضب عمي إلا انه لم يتركنا فقد كان يرسل لنا بالطعام والكساء وحتى العصائر كان يرسل لنا بها .

تذكرت كل ذلك وتذكرت عيني عمي عندما أخبرته أنني أعاني من الصداع بسبب السهر فركعت على ركبتي أمامـه وأمسكت بيديه وقبلتهما . أبعد عمي يديه عن فمي وقال وهو دامـع العينـين " أنا عـارف إنـي مبهدلك معايـا يا تفيـدة بـس معلهش هاعوضهالك يا بت أخويا الغالي " استنكرت ما قاله فهو أبي وأنا لا أفعل شيئاً سوى أن أهتم به فقط وهذا أقل ما يمكنني فعله لأجله ولو في استطاعتي أن أتحمل أنا مرضه لتحملته حتى لا يشعر هو بلحظة ألم واحدة فأنا لا يهتم أحد بموتي أو حياتي أما هو فهو شخصية معروفة وكل أهل المنطقة يقدرونه ويحبونه لكرمه وطيبته ومواقفه الرجولية مع الجميع كان رئيس لجنـة المـصالحات بالمركز إذا نشب خلاف بين شخصين يقوم المركز بندبه هو ومجموعة من

الثقات ليحلوا الخلاف وينهوا النزاع كما أنه رجل خير يعطي المحتاج ويعطف على الفقير .

عندما مرض كان الجميع يدعون له بالصحة والعافية أما أنا إن مرضت أو مت حتى فلن يتذكرني أحد.

أفقت على صوت عمي وهو يكمل " شوفي بس أيه اللي في نفسك في الدنيا دي وأنا أجبهولك لغاية عندك "

قبلت رأس عمي وأخبرته أن كل أملي في هذه الدنيا هو رضاه عني. هم عمي بنطق كلمة ما ولكن طرقا شديدا على الباب جعله يصمت، وأشار لبدوية الخادمة بأن ترى من بالباب فوجدت "عبادي" وهو أحد مؤجري أرض عمي وقد ظهر عليه الغضب، وسأله عمي عما دهاه فقال بلهجة ريفية مميزة " يا عم الحاج كنت جايب الماتور عشان أرش القطن قام ابن السحماوي وقف لي وقاللي مالكش سكة من هنا قلت له طول عمرنا بنعدوا من عالسكة دي قاللي كان زمان وبطلناه "

رددت في استغراب " طيب ما ترشه بالبخاخة لازمته أيه الماتور ووجع الدماغ ده؟"

رد عمي وهو يغالب غضبه " ما ينفعش يا بتي الدودة هاتحرق المحصول لو فضلنا على الرش بالبخاخة . دي عايزه كمية رش كبيرة " شعرت بالأسى لعمي الذي أطرق ساكنا بينما يتمزق من الداخل وانتظر طويلا حتى أمر عبادي بأن يذهب إلى الحاج سحماوي الكبير ويعرض عليه الأمر حتى لا يتصرف مع ابنه بطريقة تغضبه .

وخرج عبادي ليذهب إلى الرجل الذي أكد أنه لا يعلم عن الأمر شيئاً وطلب منه الانتظار حتى يستفسر من ولده عما حدث .

وفي اليوم التالي أثناء مرور عبادي إلى الحقل منعه ابن السحماوي مرة ثانية من المرور وجاءنا ولكن عمي كان ما

زال نائما وأخبرني فطلبت منه إحضار الموتور وملاقاتي بعد ساعة على أول الطريق المتنازع عليها .

كان عمي قد استيقظ فأخذت أستدرجه حتى أفهم سبب الخلاف بالتحديد. وبدأ عمي بالسؤال على عبادي فأخبرته أنه لم يأت وسألت في فضول وقد واتتني الفرصة :ـ عمي هي السكة اللي ابن السحماوي قاطعها دي ليها ورق؟

رد عمي : إيوه عقدها جوه في الدولاب ادخلي شوفيه.

أحضرت العقد و انتهزت فرصة انشغال عمي في لقاء أحد الضيوف وقمت بتصوير العقد وأخذته معي وذهبت إلى الغيط لأجد عبادي واقفا ينتظر وابن السحماوي جالس على الطريق يعد الشاي ومع مجموعة من (المقاطيع) فطلبت من عبادي أن يمر بالموتور وقام ابن السحماوي ليعتدي على عبادي المسكين ولا أدري كيف أمسكت بابن السحماوي من ياقة جلابيته ودفعت به بعيداً فاختل توازنه وسقط في القناة المليئة بالماء وتجمع الفلاحين ليروا ما حدث له وينتشله بعضهم بعدما خرج يرتجف من البرد ككتكوت سقط في "المسقاة" وأخذت عبادي والموتور ووقفت لأتابع عبادي وهو يرش القطن الذي آذته الدودة لدرجة كبيرة ولم يجرؤ أحد على الاقتراب مني وبعد أن خرج من القناة لم أجد له أثراً .

عدت إلى البيت فسألني عمي أين كنت فأخبرته أنني كنت أشرف على رش القطن فسأل في استغراب هل انتهت المشكلة فابتسمت قائلة "ياه يا عمي مفيش مشكلة أصلا "، فرفع عمي حاجبة بطريقة مميزة ولم يعقب .

في اليوم التالي ذهبت إلى الحقل لأرى ما حدث للقطن بعد الرش الكثيف ففوجئت بعدد كبير من أتباع ابن السحماوي يقفون على الطريق المتنازع عليها ممسكين بعصي غليظة

بينما يقف مؤجري عمي بعيداً عاجزين عن الذهاب إلى الأرض .

لـن أدعـي الـشـجاعة فقـد كنت أرتجف مـن الخـوف، واتصلت بضابط النقطة وهو صديق حميم لأحمد ابن خالتي وطلبت نجدته فجاء على الفور وأظهرت له صورة العقد الذي يثبت ملكيتنا للطريق المؤدي إلى الأرض.

كان ظهور الضابط كفيل باندحار رفاق ابن السحماوي (المقـاطيع) ووجـه الـضابط لـه سؤالاً عـن سبب وجودهم ومنعهم للفلاحين من المرور فانبرى ابن السحماوي يدافع عن نفسه قائلاً بأن الفلاحين يقومون بسرقة ثمار الجوافة ،رددت عليه في حدة ونعته بالكاذب فشجر الجوافة ما هو إلا شجر زرعه عمي بيديه ليثبت ملكيته للأرض .

أمـر الـضابط ابن الـسحماوي بالانـدحار حتـى يمـر المؤجرين إلى أرضهم إلا أنه تبجح قائلا " كل منهو أولى بحقه " لا أدري ما حدث فقد تحول الضابط شديد الرقة إلى وحش كاسر وضربه" بالشلوت" وأسمعه من العبارات ما يخجل القلم من كتابته وسحبه الخفر من (قفاه) وأخذوه إلى البوكس وأعطاني الضابط صورة العقد وغادر الغيط .

كانت فاجعة بالنسبة لي فلو علم عمي ما حدث سيثور خاصة إذا علم أنني لم أخبره وطلبت من الجميع أن يتناسوا ما حدث وألا يذكر أحد شيئاً أمام عمي.

غريبة هي حياة الفلاحين لهم عقلية مختلفة جدا خاصة عندما تتعلق المسألة بالأرض فهي كرامتهم وعرضهم ، وتذكرت والدي المسكين عندما مات حسرة على قطعة أرض لو كنت مكانه لما حزنت لدرجة الموت ولكنني عندما أتاني عبادي يشكو ويستنجد بعمي شعرت أنني كدت أموت قهراً وغيظا .إنني فلاحة الأرض جزء مني لا أستطيع نسيانه. كان زوج خالتي دائما يقول أن الأرض كرامة من لا كرامة له

وشرف من لا شرف له الأرض هي عائلة الإنسان وزوجته وأولاده .

حاولت أن أبدو طبيعية أمام عمي فدخلت وجلست أمام جهاز الكمبيوتر وظللت لأكثر من سبع ساعات أمام الجهاز حتى جاءني عمي وسألني عن سبب انشغالي الشديد. لم أخبره طبعا إنني فعلت فعلة ستجعل ألسنة القرية تلوك سيرتي. أخبرته أنني أجمع معلومات لرواية جديدة أفكر في كتابتها اقتنع عمي بعذري ولكن صوتاً نسائياً حاداً قطع حديثنا فقد جاءت خالتي لتعاقبني على ما حدث إذ كيف لي أن أعتدي على ابن السحماوي؟ وشعرت بأن جسدي تحول لكتلة من الثلج وهربت دمائي لغضب خالتي واستغرب عمي الذي سأل في استفسار " فيه أيه يا حاجة " ؟

أخذت خالتي تولول وتندب وتنعتني بأسوأ الصفات وعمي يسأل في دهشة فقالت" بت أخوك يا خويا عاملة نفسها فتوة وبتضرب الرجالة في الغيطان "!

ردد عمي كلمتها في دهشة وسألها في هدوء فأخذت خالتي تسرد الوقائع كما سمعتها من نسوة القرية ومنها أنني تهجمت على ابن السحماوي وضربته وألقيت به في القناة ولم أكتف بذلك بل أبلغت فيه النقطة وأوقدت ناراً في القرية لا يعلم إلا الله كيف ستنطفئ ودائماً ما ينقص كل شيء عند انتقاله سوى الكلام فهو يربو ويكبر كلما انتقل من شخص لشخص .

لم أرد ولم أنطق فأنا أعلم أنني إن نطقت ستنطبق السماء على رأسي وسألني عمي إذا كنت فعلت ما قالت خالتي فلم أرد ولأول مرة منذ أدركت صفعني عمي صفعة ألقت بي إلى الأرض وجذبني من على الأرض ليقتص مني عما فعلته وعن الفضيحة .

فرحت خالتي جدا ولا أعلم سبب سعادتها عندما يضرب أحدهم ابنته فقد كانت تستحث زوجها دائما على ضرب نجوى المسكينة بينما إذا فعل أحمد شيئا فأخطاؤه لا تذكر أبدا لأنه رجل والرجل في رأيها لا يخطيء.

تركني عمي في غرفتي وغادر وهو غاضب بينما سمعت خالتي تقول في تشفي " اكسر للبت ضلع يطلع لها أربعة وعشرين ".أنا لم أفعل شيئاً كل ما فعلت أنني خشيت على عمي عندما يعلم أن ابن السحماوي استهزأ به لمرضه وعمي شديد الحساسة .

لا أدري لم يضطر المرء إلى الضرب بديلا عن وسائل التفاهم المختلفة أو حتى وسائل العقاب الأخرى فعمي الرجل المثقف المتفاهم يلجأ إلى ضربي عقابا عما فعلته وماذا فعلت؟ أشعر كأنني بداخل قبر مظلم حار ضيق يطبق على ضلوعي ولأول مرة منذ انتقلت لبيت عمي أشعر بالقهر والكبت الذي كنت أشعر به في بيت خالتي فهي ريفية لا تؤمن بالحوار تأمر وتنهي وترفض أن يعقب أحد على قرارها، كنت أظن ان عمي مختلف لأنه مثقف ومتعلم ولكنني اكتشفت أنني كنت مخطئة.

تذكرت يوم أن غضبت نجوى وتركت منزل زوجها غاضبة بعد أن ضربت ضربا مبرحاً وجاء أحد أقاربه المتعلمين ليصلح بينهما وسألها عن سبب غضبها الشديد وعدم رغبتها في العودة إليه فقالت أنه يضربها فقال مفتخراً " وأيه يعني ما أنا بضرب مراتي "!!! لماذا يفتخر رجل ما بأنه يضرب زوجته؟ أليست الزوجة هي السكن والحب والدفء وربة منزله لم لا يجد البشر وسيلة أخرى للتفاهم غير الإيذاء البدني المذل .

ما زاد من غضبي وحقدي هو أن عمي أخذ كابل الكهرباء الخاص بالكمبيوتر وقطع سلك النت فجن جنوني

وشـــعـرت بـــالـقـهـر لـشـدة الـقـسـوة والاسـتـهـزاء بـمـشـاعـري وإحساسي ربما أخطأت ونلت جزائي صفعات أدمت وجهي، ما ذنب جهاز الكمبيوتر المسكين؟ ماذا اقترف هو ليحرم من مستخدمته الوحيدة التي يأنس لها ؟ إن عمي ظالم نعم ، وأنا من ظلمت لأنني أرعى إحساسه وأخشى عليه.

جاء عدد من كبار القرية ليطالبوا عمي بسحب البلاغ الذي قدمته ضد ابن السحماوي ونفذ عمي ما طلبوا منه فعيب أن يتسبب جار بسجن جاره مهما حدث وأنهى عمي المسألة عندما ذهب للحاج سحماوي ليعتذر له عما حدث فكل ما حدث ما هو إلا تصرف أهوج من فتاة حمقاء طائشة .

كدت أهلك عندما أعتذر عمي للرجل لقد أخطأ السحماوي وولده وأنا لم أفعل شيئا سوى الدفاع عن حق مثبت قانونيا لم أخطئ عندما دافعت عن عبادي المسكين المريض عندما أعتدي عليه ابن السحماوي ولم أقصد دفعه أبداً كنت أبعده عن عبادي فقط فقد خشيت على المسكين من ضربة غادرة تودي بحياته وتترك أطفاله بلا عائل .

ظللت على هذا الحال عدة أيام عمي لا يحادثني وأنا أرغب في مصالحته إلا أنه بدا متعنتاً وجاء الفرج من السماء حيث فوجئ عمي بخفير ينادي علينا في المنزل ورحب به عمي إلا أنه كان متحرجا وأخبر عمي أن ابن السحماوي وزوجته أبلغا ضدي بأنني قد سرقت مصاغ الأخيرة وذهل عمي واستدعى المحامي الخاص به وذهبا إلى النقطة ليطلعا الضابط على القصة كاملة وعلى مكيدة ابن السحماوي .

وجاءني عمي وهو يستشيط غضبا من هذا الحقير الذي تجرأ على فعل ما فعل وصالحني بعدما اعتذرت وحكيت ما حدث بالتفصيل وأعاد إلي كابل الكمبيوتر وأصلح وصلة النت وبدأت أحيا حياة طبيعية .

وطلب عمي الحاج سحماوي وولده في موعد(جلسة عرفية) ليأخذ كل ذي حق حقه وفي الموعد أدان كبار القرية الحاج سحماوي وولده واعتذر الحاج سحماوي وقام ليبطش بولده أمام الحضور إرضاء لعمي ولكبار القرية وانتهت المشكلة تقريبا .

كنت قد مر علي فترة طويلة لم أحادث "نيكولاس " وفي ليله التقيت به علي النت واعتذرت له عن تركي له في المرة الأخيرة بدون استئذان وحكيت له ما حدث وتحدثنا كثيرا كعادتنا وفي منتصف الحديث حدثني عن برنامج تليفزيوني يحول الفتيات العاديات إلى ملكات جمال وعرض علي أن أقوم بجراحات تجميل حتى أستعيد ثقتي بنفسي كما أن له صديقاً طبيب تجميل يمكن أن يساعدني وأنه يمكن أن يحول وجهي إلى تابلوه رائع يسر الناظرين .

إنها فكرة جنونية صعبة التنفيذ ، كيف أتخلص من أنفي ووجهي وعيني إنها مسألة شديدة الغرابة والصعوبة وكيف أغير صورتي في بطاقة تحقيق الشخصية كيف ستتقبل قريتي هذا التغير المفاجئ إننا نعيش في قرية صغيرة كل شخص فيها يعرف الآخر تمام المعرفة كما أنها تحتاج مبلغاً كبيراً من المال لا أمتلكه في الوقت الحالي والأكثر أنه لو لديّ المال لاشتريت فدان أو اثنين إن للفلاحين أولوية عندما يمتلكون المال أولها شراء الأرض وتزويج الأولاد .

وفي النهاية راقت لي الفكرة لم لا أستشير عمي وفي ليلة صيفية مقمرة جلست بصحبة عمي في الفرانده وألمحت إليه ثم سألته بصراحة عن عمليات التجميل وهل هي حرام أم حلال وأخبرته بما عرض علي نيكولا وأعلنته برغبتي في تغيير ملامحي فضحك في صفاء و قال في حنان غامر " يا بتي الجمال جمال الروح واحنا فلاحين راضيين بقسمة ربنا

29

«الجمال ده نعمة زي المال أو الأولاد ما تعترضيش على إرادة ربنا يا تفيدة "

لقد مللت من ترديد الجميع على مسامعي أن الجمال جمال الروح فجمال الروح هذا لن يقنع عريساً ما بالتقدم لخطبتي ولن يخرس أحدهم عند السخرية من ملامحي وقبحي إنهم لا يعانون من المشكلة التي تؤرقني إنني من يصطلي بالنيران وليس هم أنا من أود الاستقرار وعيش حياة أستحقها بينما هم يعيشون حياتهم بلا مشاكل. إنني فتاة قبيحة ولكنني أحمل عواطف ورومانسية لو وزعت على جميع الفتيات لوسعتهم أرغب أن أستيقظ من نومي أحد الأيام لأنظر في المرآة دون أن أشعر بالإحباط واليأس .

أرغب في أن أكون فتاة طبيعية يتقدم إليها الخطاب فتتدلل وترفض وتصمم على ألا تتزوج سوى من الشاب الذي يحمل كل المواصفات التي تتمناها.

كانت هذه المسألة تشغلني ليل نهار إلى أن حدث ما جعلني أنسى وأسلى كل شيء فقد اشتد المرض على عمي وأخبرني الطبيب أن أمامه ستة أشهر على الأكثر فالكبد في حالة سيئة وعرضت على الطبيب أن يزرع له كبداً آخر وسأتبرع أنا بجزء من كبدي لأنقذ عمي من نهاية مفجعة ولكن الطبيب أخبرني أنه لا أمل ووقف الطب عاجزاً أمام مرض عمي ولم أخبر أي إنسان أن عمي يحتضر كتمت السر بداخلي حتى لا يتسرب الخبر لعمي فيصيبه بالرعب فانتظار الموت تجربة ليست ممتعة . كنت دائما أعطيه الأمل وأخبره بأن حالته الصحية في تقدم حتى لا يفقد الأمل . كنت أرتعب عندما يدخل في غيبوبة الكبد وأظن أنها النهاية كنت أنام على كرسي بجوار فراشه حتى لا يتكلف عناء دق الجرس عليّ.

كنت لا أنام ليل نهار وتعبت أعصابي من الخوف، وكان أكثر ما أخاف منه هو ملاحظة عمي اقتراب نهايته عن طريق

بكائي ودموعي التي لم تجف ، وفي إحدى الليالي قام عمي من نومه مذعورا وطلب مني إحضار المحامي في الحال، اعتقدت أنه يهذي ولكنه كان مصمما وجاء الرجل على عجل وقد ارتدي السويتر بالمقلوب، وانفرد بعمي قليلا ثم انصرف، وفي الصباح أتى ومعه شخص يبدو أنه موظف، وبعد أن انتهوا من عملهم دخلت إلى عمي وسألته عما يجري فأخبرني أنه كتب وصية لورثته لأنه يشعر بدنو أجله وأعطاني مفتاح الخزينة وأمرني بأن أحضر كل الأموال والمشغولات الذهبية الخاصة بزوجته الراحلة الموجودة في الخزينة ، ووصاني بأن آخذ الأموال كلها ماعدا تكاليف الكفن والسرادق الضخم وأن احتفظ بالباقي لنفسي فأخذتني الصاعقة فهو مبلغ ضخم جدا ، ولا أدري لماذا بكيت في حرقة وأخبرته أنني لا أرغب في أي أموال، أنا أرغب فقط في وجوده بجواري . لم يرد علي فقد كان منهمكا في اختيار القطع الذهبية التي سيمنحها لي وما تبقى طلب مني أن أعطيه لهالة التي اشتاق إليها بلوعة .

واتصلت بهالة في الكويت ووعدتني بسرعة الحضور ولكنها تأخرت كثيرا ، فبعد عشرة أيام اشتد المرض على عمي ودخل في غيبوبة، وكلما مر يوم ازدادت الغيبوبة عمقا وأنا جالسة أمام فراشه كالتمثال .كنت أنتظر معجزة تكذب الأطباء الذين أحاطوا بفراشه في صمت وخشوع، كنت أقرأ القرآن وأبكي وكان أكثر ما أخشاه أن يكون متألماً في إحدى الليالي نادى عليّ أجبته لم يحس بي سمعته ينادي أبي وأمسكت بيديه الباردتين لأدفئهما وصدره يعلو ويهبط في ضعف ناديته فلم يرد، وجاءت لي فكرة فربما تكون روحه متعلقة بهالة فناديته قائلة :ــ " عمي قوم يا عمي هالة جات قوم سلم عليها ياللا " غمغم بكلمة لم أفهمها وأطبق فمه وسقطت يده من يدي فشهقت في ذعر .

31

قام الأطباء بسرعة ليروا ما حدث، ولم ينطق أحدهم بل رفع أحدهم الملاءة ووضعها على وجهه ولا أدري ماذا أصابني فقد ظللت أصرخ وأصرخ حتى فقدت الوعي. شعرت بأنني فقدت كل شيء بعد موت عمي على الرغم من أنه خصني بجزء كبير من ميراثه، ولكنني لم أكن أفتقد الأرض ولا المال كنت أفتقد حنانه وحزمه، أفتقد شدته ورحمته افتقد وجهه الطيب، أصبح المنزل كئيباً والحديقة مظلمة حتى الأرض لم تعد كما مضت حتى أنا لم أعد كما مضى وقد ارتديت الأسود الذي أكرهه . وبعد العزاء واستلام الميراث تركتني هالة وسافرت مرة ثانية بينما جلست أنا وحدي في الدوار الكبير .

وجاءتني خالتي تطالبني بالعودة إلى بيتها حتى لا أعيش في منزل بهذا الحجم وحدي فأنا على حد وصف خالتي " بنت بنوت " وعيب أن أجلس بمفردي حتى لا يطمع فيّ أحد . إن خالتي تتصور دائما أن هناك من سيطمع في. وبدون إرادتي ذهبت إلى منزل خالتي مرة ثانية، ولكن هذه المرة شعرت بفرق كبير في الحياة ففي منزل عمي وجدت الحرية الأمان والدلال، أما في منزل خالتي الروتين اليومي تنظيف ثم مطبخ ثم تليفزيون وإذا جلست أمام الكمبيوتر تجلس خالتي بجواري تراقب وتسأل وتستفسر .

وغضبت نجوى مرة ثانية وعادت إلى المنزل فأضافت له رونقاً وبهجة، وعرضت علي عرضاً مثيراً لم لا نذهب لمدينة الإسكندرية لنغير ذلك الجو الكئيب، وثارت خالتي ورفضت فكيف لفتاتين مثلنا أن تذهبا إلى الإسكندرية وحدهما، وتناقشنا طويلا حتى تدخل أحمد ووعدها بأنه سيرافقنا بالذهاب إلى هناك .

وفي اليوم التالي ذهبنا إلى الإسكندرية لا لنصيف فقد كنا في "طوبة " ولكن ذهبنا للتسكع في الشوارع وتغيير المناظر الريفية التي مللناها ووقفنا أمام أحد الفتارين لنشاهد الأنتيكات وأعجبت بإحدى الفازات الصغيرة التي لا أدري لها اسما ووجدت مكتوباً عليها أنها تساوي سبعة وخمسون جنيها فصعقت وأخبرت نجوى بأن تلك الفازة القزمة تساوي سبعة وخمسون جنيها وتعجبت نجوى ونظر إليها أحمد نظرة خاطفة وضحك ضحكته الرائعة قائلا :ـ حطي صفر قدام السبعة وخمسين يا توتة "

واتسعت عينا نجوى وهي تقرأ الرقم الصحيح خمسمائة وسبعون جنيها ثمن تلك الزجاجة الصفراء عديمة القيمة وهتفت قائلة " ده كلام فاضي بقا حد أهبل يشتري من هنا؟ تلاقيهم قاعدين جوا بينشوا " ولم تكمل الكلمة إلا وخرجت فتاتان يبدو عليهما الثراء الفاحش تحملان حقائب فخمة لا بد أنها تحتوي على تلك الهدايا القيمة في نظرهم عديمة القيمة في نظرنا . وتذكرت على الفور بيت من الشعر فرددته في حسرة قائلة :ـ

ذو العلم يشقى في النعيم بعلمه
وأخو الجهالة في الشقاوة ينعم

تسكعنا في الشوارع وأكلنا الآيس كريم في عز البرد وركبنا الترام ودخلنا المولات واشترينا هدية عيد الأم وعدنا ولا أدري لم شعرت أنني أفرط في احترام حياتي وهي لا تستحق، إنني لا أستحق أن أعيش، إنني بالفعل لا أعيش، لقد بهرت بمدينة الاسكندرية واكتشفت أنني أحيا حياة بشعة تتحكم فيها تقاليد أبشع ،وانتعشت في ذهني فكرة نيكولا مرة ثانية فأنا الآن أمتلك قدرا كبيرا من المال فعمي منحني مبلغاً

33

كبيراً ووجدت في البنك مبلغاً أكبر سألت نجوى وأنا في قمة الثورة فشجعتني رغم صعوبة الموقف .

وما أن تلفظت بهذا الموضوع أمام خالتي حتى قامت الدنيا ولم تقعد واتهمتني بالجنون وبالكفر ولكنني صممت فهددتني بالحجر عليّ ،إلا أنني صمدت في وجهها لقد تخطيت سن الرشد بكثير وأستطيع أن أفعل ما يحلو لي، وحولت خالتي حياتي إلى جحيم إلى أن اضطررت إلى ترك منزلها والعودة إلى منزل عمي، ورافقتني نجوى وبدأت في ترتيب إجراءات السفر مع نيكولا الذي سعد بقبولي الفكرة .

كان صعبا على فتاة ريفية بسيطة مثلي أن تسافر إلى لبنان دفعة واحدة ،إن أبعد مسافة سافرتها هي سفري للقاهرة عندما أوصلت أختي إلى المطار ولكن صعب لماذا ؟ إن الإنسان مراحل ولابد من خطوة إيجابية في حياتي ،أنا لم أخلق لأكون مثل باقي الفتيات لقد أنعم الله علي بموهبة ولابد لهذه الموهبة من واجهة جميلة ، لابد أن أسافر وأجري جراحات التجميل ،لابد أن أكون جميلة .

وسافرت واستقبلني نيكولا في المطار بصحبة شقيقته "نانسي " وأخذني إلى بيت والديه ليستقبلوني استقبالا مؤثرا كأنني ابنتهم الغائبة منذ وقت طويل ووجدت منهم التعاطف والتفاهم والحنان وشاركت نانسي في غرفتها لأنهم رفضوا رفضاً قاطعاً أن أعيش وحدي بفندق أو حتى شقة مفروشة .

ولا أدري كيف وجدت نفسي أنجذب إليهم بطريقة غريبة، فـ"نيكولا " شاب ظريف شديد الجاذبية وسيم مثقف، ونانسي طيبة ونادين الأخت الصغرى تعاملني كنانسي وأكثر جلست معهم فترة قبل الجراحة لزمت فيها المنزل، كنت كصاحبة البيت وهم ضيوفي ، أنا من أعد الطعام الريفي الشهي وتساعدني الوالدة وأحيانا يتبرع نيكولا بمساعدتنا ،

جعلتهم يتذوقون أكلات الفلاحين الشهيرة الفطير المشلتت والبرام والمقالي والكبابي والحمام المحشو والملوخية بالأرانب كما تعلمت عمل التبولة والكبة وزنود الست وغيرها من الأطباق اللبنانية الشهيرة .

يوم إجراء الجراحة كنت مرتعبة خائفة أخشى أن تفشل الجراحة وأصبح أبشع من الأول وجلس نيكولا بجواري وهو يتمتم بآيات من القرآن لا أدري لم شعرت بالاطمئنان عندما سمعته يقرأ القرآن وهو المسيحي وسألته " نيكولا انت حافظ قــــرآن ؟" فابتــــسم فــــي هـــدوء قـــائلاً: " طبعا أنا ولدت بأبى ظبي وعشت بيها 18 سني وحافظ أجزاء من القرآن " عقدت الدهشة لساني ولكنني طلبت منه أن يرفع صوته ليطمئنني فأنا بحاجة إلى الاطمئنان .

ودخلت غرفة العمليات بعد أن وضع الطبيب على وجهي وجسدي علامـات وخطوط لتساعده في تحديد الأماكن التي تحتاج للتغيير وأعطاني طبيب التخدير مخدراً قوياً بمجرد أن أخذت أول نفس حتى شـعرت بـأنني أقتطع نفسي مـن جبل ،وأغمضت عينيّ في قوة لأقاوم المخدر إلا أنني سرعان ما فقدت الشعور تماما .

عندما أفقت شعرت بـألم قاتل في وجهي وجسدي وكان نيكولا بجانبي ووالدته كنت لا أراهم ولكنني سمعتهم يصلون مـن أجلـي . كانت الأيـام الأولى التـي تلت الجراحـة عذاب لا يحتمل ولكنني تحملت ، تحملت كـل شـيء لأصبح مثل كـل الفتيـات وعلى رأي المثل الفلاحي " مفيش حلاوة مـن غير نـار " تحملت أنفي الـذي التهب نتيجـة الجراحـة في صبر، ورباط الذقن الذي كان يخنقني و الأدوية وكل شيء، كل ذلك يهون في سبيل الحصول على وجه جميل وقوام رائـع وأسنان رائعة ناصعة البياض بدلا من أسنان أكلها السوس وعينين أخاذتين بدلا من عينين كعيني الخفاش .

35

عندما أتاني الطبيب وقرر رفع الضمادات عن وجهي وحانت اللحظة الحاسمة التي سأرى فيها أثر الجراحة حبست أنفاسي وأنا أرى تعبيرات وجه نيكولا ونانسي ونادين . ونظرت إليهم في خوف إلا أنني رأيت ارتياحا بدا على وجه نيكولا وابتسامة واسعة أظهرت غمازات نادين وأعطتني نانسي مرآة لأرى ملامحي لأول مرة .

في الحقيقة كان إحساسا غريبا لم أعرف نفسي ، وشعرت كأنني ألتقي بفتاة لم أرها في حياتي من قبل فتاة حلوة الملامح ، وأخبرني الطبيب بأن هذه ليست النتيجة النهائية لأن وجهي ما زال منتفخا نتيجة العمليات وسيستغرق الأمر بضع أسابيع حتى أرى النتيجة النهائية .

شعرت بأن كل شيء حولي يبتسم إعجاباً بي ، ورأيت في النافذة طائرين يتناجيان فوق شجرة ناعمة الأوراق طيبة العبير تظهر قمتها من شباك غرفتي في حب، ونسمة الصباح عليلة تذكرني برائحة الحقول في الصباح الباكر ، نظرت إلى نيكولا الذي بدا مبهوتاً وظهرت في عينيه نظرة غريبة دهشة ربما ، وربما إعجاب تذكرت العصفور وهو يناجي وليفته ولا أدري كيف خطر لي أن هذا العصفور هو نيكولا .

نظرت إلى المرآة مرة ثانية لأرى وجهي مرة ثانية حتى أتعود عليه ، وابتسمت لأرى أسنان البور سلين ناصعة البياض التي زرعها أطباء التجميل لي لم تبق سوى مشكلة عينيّ الضعيفتين وكانت جلسة واحدة تحت جهاز مجهول يعالج بالليزر سببا في حل هذه المشكلة تماما من جلسة واحدة وتخليت عن نظارتي السميكة" قعر الكوباية" للأبد وأصبحت عيني في قوة عيني صقر وأصبحت .... جميلة.......... لا فاتنة.

وترددت على طبيب نفسي ليكتمل جمالي من الداخل والخارج وحتى أستطيع التكيف مع حياتي الجديدة بوجهي

الجديد وحتى أبدأ مرحلة من الثقة بالنفس التي لم يسبق وأن شعرت بها مطلقاً من قبل .

في خلال ثلاثة أشهر تغيرت حياتي كلياً تحولت إلى فتاة كاملة ،كنت جميلة متكاملة من الخارج والداخل ،كنت أخرج مع نيكولا فيعاكسني الشباب أصبحت المعاكسات تضايقني بعد أن كنت أتمنى أن يعاكسني أحدهم ولو بطريق الخطأ كنت أخرج بصحبة نانسي فيعاكسني الشباب الصغار فسألت أحدهم ذات مرة " انت عندك كام سنة " فرد في كبرياء :ـ تمنتاشر سني وانتي يا حلوي تؤبري عضامي إن شاالله ؟ رددت في ثقة " أنا عندي ستة وعشرين " صعق الفتي وقال " عن جد والله ما أعطيكي أكتر من سبعتاشر سني ! قلت في سعادة " قبل ما تعاكس واحدة اسألها عن سنها الأول "

أصبحت أضحك إن لي ضحكة جميلة ،كان لي صوت رائع وصفه نيكولا مرة على سبيل الدعابة بأنه مثير ، ولم يكن يؤلمني سوى إحساس خفي بألم نيكولا كان يتألم من الداخل بسبب طلاقه لزوجته الروسية الجميلة وسفرها مع طفله الوحيد الذي كان بمثابة النبض لقلبه . كنت أشعر بأنه يحن علي لفقدانه من يحن عليه ، كان يهتم بي ويلاطفني ولكنني اكتشفت في النهاية الحقيقة المرة إنه متعلق بي شديد التعلق وكنت في موقف صعب أنا معجبة جدا به إنه شاب رومانسي شديد الوسامة والهدوء وطبيعته راقية مهذبة كنت في البداية أعتبر تعامله هذا طبيعيا ولكنني بدأت أشعر بأنه تحول إلى انجذاب يصعب التخلص منه .

لقد اهتم بي قبل وبعد العملية يكفي أنه لم يشعرني بالضجر لحظة واحدة ترك عمله وأخذ أجازة ليتجول معي بكل الأماكن السياحية الشهيرة بلبنان والمأساة أنني بدأت أتعلق به تعلقا غريبا فقد أشعرني بأنني بين أهلي ووطني لم أفتقد أهلي أبدا بينما كنت أعاني الوحدة في وسطهم عندما كنا

نزور قلعة بعلبك كانت نظراته لا تفارقني كنت أشعر أنه جاء ليراني أنا وليست القلعة وعندما كنا في بيت الدين القرية الأشهر في لبنان أمسك بيدي في رومانسية ولكنني جذبت يدي في سرعة . وفي قلعة جبيل تعثرت فأمسك بي ورأيت في عينيه تلك النظرة الحانية شديدة الرقة وفي مغارة جعيته لمح لي بوجود امرأة في حياته وأمام سو ليدير بيروت أخبرني بأول حرف من اسمها إنه حرف تي .

كان أحيانـا يبدو شـارداً سـاهماً حزينـاً وعـندما يلاحظ ملاحظتـي لـه يتغير فتعود لـه طبيعته المرحة وكانت الطامة الكبرى عندما عاد من عمله ليجدني أمام جهاز الكمبيوتر الخاص بـه كنت الوحيدة التي تعرف كلمـة المرور الخاصة بالجهاز وذلك لأستعمله وأحادث نجوى وأحمد أبنـاء خالتي لأطمئن عليهم جاء من الخارج فوجدني أمام الجهاز فابتسم في شقاوة وقال بصوت هادئ : ــ بـون سـوار تـوتي شـو سهرك لهلأ ؟

رددت في عفوية وبلهجتي الريفية التي لم أغيرها :ــ ما جانيش نوم قلت أتسلى عالنت انت اتعشيت ؟

ــ طبعا اتعشيت كنت بسهرة وطلبت عشا.

ــ إيوه يا عم يا بختك كل ليلـه سـهر وصبايا من اللي بيعقدوا .

ضحك وقال :ــ لا مـا تخافيش أنا أبويا صعيدي يقطعني حتت .

لم أصدقه فأنا أعلم جيدا أن لـه فكراً متحرراً يكره العادات والتقاليد ويصفها أحيانـا بالغبيـة فقلت محاولـة استدراجه :ــ قوللي يا نيكولا أيه رأيك أخصص لك دور في روايتي الجديدة ؟

رد في شقاوة : ــ تقصدي دور البطولة ؟

38

ـ لا صديق البطلة زيي أنا وانت بس مش البوي فريند بتاعها .

رد في بساطة : ـ لا أنا بدي كون حبيبها للبطلة أنا عندي إشيا "naughty" قوي واللا انت بدك أشياء مثالية

صفعته بكلمتي : ـ مفيش حد مثالي يا نيكولا .

ابتسم قائلا : ـ لا أنا مثالي حلو كتير طيب مهضوم ذكي كمانه بشتغل مدير مبيعات بشركة كبيرة سافرت لبلاد كتيرة !

ضحكت فهو بالفعل شخص مثالي لأي فتاة ولكنني لست هي تلك الفتاة لا لعيب في أو فيه ولكن لأننا من ديانتين مختلفتين أنا مسلمة وهو مسيحي ، في الحقيقة لم أشعر بفارق أبدا في بيتهم كان كل منا يصلى على حسب دينه ،إذا أذن المغرب أو العشاء ولم أنتبه كانت والدته تأتي لتذكرني بصلاتي التي انشغلت عنها، كان نيكولا دائما في حديثه معي ما يستشهد بالقرآن أو بحديث نبوي ولكن ما لم أحسب حسابه هو أن يتعلق بي أو أتعلق به إنه الموت ذاته. إنه الهلاك .

حانت مني التفا ته إليه فخطف بصري بريق عينيه الخضراوين كان يحاول أن يخفي شيئا ما عني وفضحته عيناه وضع رأسه على الطاولة أمامه وتنهد في عمق فسألته عما دهاه فقال في لوعة "هيدا جنون ياللي بفكر فيه عن جد جنون "

تظاهرت بالغباء وسألته "مالك يا نيكولا انت شكلك زعلان قوي فيه أيه؟"

قال بنفس درجة اللوعة " مابدي تروحي على مصر بدي تضلي هون حدي "

قلت بلهجتي الريفية التي كنت أحاول التخلص منها وفشلت " ماينفعش لازم أرجع لأهلي وبلدي"

قال في يأس "توتي بدي قلك شغلي ما بعرف كيف قل لك ياها بس أنا .... بحبك مش بحبك أنا بموت بحبك."

تصريحه أرعبني وأصابني بالصدمة على الرغم من أنني كنت أتوقعه نعم أتوقعه مذ وطأت قدمي أرض مطار بيروت . صمت كثيراً أفكر وفي النهاية قلت في ألم " تعرف ماخفتش في حياتي كلها غير من موقف زي ده موقف يقف فيه الواحد عاجز يختار بين حاجتين والحاجتين دول هما هويته حبه أو دينه ومفيش حد فينا يقدر يتخلي عن دينه يبقا من السهل إننا نحاول ننسى المشاعر دي لإنها الهلاك ،الموت يا نيكولا " .

ملأت الدموع عينيه بينما تنهدت في صمت وأنا أنظر إليه بطرف عيني وسألني في غضب سؤالاً شديد الصعوبة " ليه ماخلقنا مثل بعض ليه ؟ ليه ما خلقنا كلنا إما مسيحيين وإما مسلمين ليه ها لعذاب ؟"

نظرت إليه بإحساس جهلته أهو حب أم إشفاق فتابع قائلا في لوعة قطعت قلبي" أنا ما بعرف غير شي واحد أنا مجنون بحبك مابدي شي حرام بدي اتجوزك مثل كل الناس مابتتجوز . شو العيب ياللي فيني؟ لإني مسيحي وشو دخلي أنا بها لقصة أنا ولدت مسيحي وانتي ولدتي مسلمة ليش ها لعذاب . شو عملت بحياتي حتى أتحمل ها لوجع . إحكي بدي أسمعك انتي بتحبيني واللا شو؟ شو إحساسك الحقيقي صوبي "؟

الحقيقة ألمته أثار مشاعر الحزن لدي إنه يحبني والمأساة أنني تعلقت به أنا الأخرى رغما عني فقلت له في عقلانية : ـ نيكولا أنا مش هكدب عليك إحنا أصدقاء واخوات مش ها قولك إني مابحبكش، بس إحنا في وضع في منتهى الصعوبة أنا لازم أبعد عنك، الحب زي النخلة اللي الواحد زارعها القرب بيكبرها والبعد بيخليها تدبل وتموت أنا لازم

40

أرجع مصر شوف احنا هنزعلو شويه بس بعد كده هانرتاحو .

قال في يأس " بدك تهربي؟"

قلت في ألم :" الهرب للجبنا يا نيكولا وأنا في وضع أفضل الجبن والهرب على المواجهة .المواجهة مش مع شخص مش مع أهلنا لو معاهم هنتجوز غصب عنهم المواجهة المرة دي مع ديننا وخالقنا واحنا مش قدها صدقني ربنا يرحمنا احنا الاتنين ، احجز لي بكرة عشان أرجع مصر "

ـ بليز توتي ما تتركينا وتفلي .

ـ الله يخليك سيبني أرجع لأهلي وأتخيل إن اللي حصل ده ما حصلش. خليه حاجة افتكرها لما أغمض عيني . تعرف لو قعدت هنا أكتر من كده مش هقدر أرجع تاني أبداً .

مر أسبوع وودعته وعدت إلى قريتي، لم أكن سعيدة بحصولي على وجه جميل ولا قوام رائع كنت ابتسم وأظهر سعادتي الغامرة وأخفي قلبا كسيرا يتمنى المستحيل ،و جرحا ينزف ولا أستطيع منع نزيفه. كنت أصلي وأدعو الله أن يقتلع حب نيكولا من قلبي كما اقتلع حب الشيخ حسن من قبل .

إنه فعلا الحب المستحيل .إن الحب العادي يجعل المحب سعيدا مقبلا على الحياة ولكن هذا الحب لم يفعل شيئاً سوى إتعاسنا نحن الاثنين. مازلت أتذكر نظرات اللوعة والحزن والحسرة في عيني نيكولا عندما ودعني في المطار. وقبل سفري رأيته يصلي لكي ينساني .

عندما عدت إلى قريتي ذهبت إلى بيتي لأستريح ،وبعد أن أظلمت الدنيا ذهبت إلى منزل خالتي فوجدت زوجها في الفرانده مع عدد من الرجال ألقيت عليهم السلام فلم يتعرف

41

علي أحد منهم على الرغم من أنهم جميعا يعرفونني بصفة شخصية .

وسمعت أحدهم يهمس للآخر " مين الفرسة دي ؟"

دخلت إلى خالتي فوجدتها في الصالة مع نجوى يتحدثان في موضوع نجوى الأهم وهو زوجها سيء الطباع ، واستغربت خالتي دخول فتاة غريبة عليها بهذه الجرأة بينما صاحت نجوى " توتة حمد الله على السلامة " وصعقت خالتي "توتة ؟ انت تفيدة يا بت؟

رددت في سعادة من ذهولها " إيوه يا خالتي أنا تفيدة "

قالت وقد ثبتت عينيها علي في ذهول " انت عملتي في نفسك أيه يا بت"؟

قلت في بساطة " ولا حاجة رحت لدكتور تجميل كبير ظبط لي ملامحي أيه رأيك يا خالتي احلويت ؟

قالت في ذعر :ـ يا نهار أبيض دا انت بقيتي واحدة تانية خالص !

ـ حلوة يا خالتي ؟

ـ مهرة يا بت فرسة .   واستدركت بسرعة :ـ دفعتي فلوس يامه؟

ـ إيوه يا خالتي فلوس يامه خالص وبالدولار بس بذمتك وشي مايستاهلش فلوس الدنيا كلها؟

قالت خالتي وهي تقاوم الدهشة " والنبي أبو فاطمة يستاهل ،جدعة يا به شاطرة والله، إيوه كده دلوقتي أحسن واحد في البلد يتقدم لك وهو قلبه جامد .

قلت مستعطفة :ـ يعني مش واخدة على خاطرك مني عشان سافرت غصب عنك؟

ردت في سرعة :ـ لا يا بتي مش زهقانة ربنا يعللي مراتبك يا تفيدة.

قطع أحمد حديثنا عندما دخل والتفت لي قائلا " توته ازيك يابت حمد الله على السلامة "

ـ الحمد لله ازيك يا أبو سمرة .

سألته خالتي :ـ عرفتها إزاي يا أبو سمرة؟

ـ يا أمه ما أنا شفتها قبل كده على الويب كام لما كنا بنكلمها في لبنان على النت من وراكي . بت ياتوتة انت بقيتي قمر اتجوزيني يا بت .

أعلم أنه يسخر مني فهو أبدا لن يتزوجني حتى بعد أن أصبحت جميلة فرددتها له قائلة :ـ اللي مايرضاش بي وأنا مش حلوة لما أبقا حلوة ما أرضاش بيه .

تدخلت نجوى موبخة له : ـ تتجوز منين وانت مضيع فلوسك على السجاير والكلام الفاضي والنبي ما في واحدة ترضي بيك وانت مفلس كده .

ضحك أحمد ولم يرد بينما قالت خالتي في سخط :ـ ياخويا طول ما اللي بيجيبه القرد بيعلق بيه الحمار ما انتش هتتجوز عمرك .

ضحك أحمد ضحكته الشهيرة وقال في يأس : أتجوز أيه بس يا حاجة دا أنا مرتبي 150 جنيه ما بيكفينيش مواصلات أنا من هنا وبشتغل هناك في الروس عند الخليج والأسهم وبقالي 3 سنين ومش عارف انقل لحتة قريبة ، هاجيب واحدة أوكلها إزاي إذا كانت أمي اللي بتديني مصروفي وأمي اللي بتشحن لي الموبايل اتجوز أعمل ايه بالجواز؟ دا انا كده عايش بدماغي .

قالت خالتي محتجة " قلت لك سيب الوظيفة دي وخد لك عشر فدادين فلحهم بدل البهدلة والشحططة اللي انت فيها دي .

أنهى أحمد الموضوع قائلاً :ـ قوليلي يا توتة انت هاتغيري اسمك ده واللا لا ؟

صدمت :ـ أغير اسمي ؟ لاه؟

ـ واحدة حلوة زيك لازم يكون اسمها حلو زيها خلاص تفيدة ده بقا موضة قديمة . يا خايبة سمي نفسك اليسا هيفا نانسي اسم دلوع كده مش تفيدة .

ـ لا ياعم ما أغيرش اسمي أبدا .

قال أحمد مقنعاً :ـ طيب لما تبقي كاتبة مشهورة ها تكتبي على كتبك أيه تفيدة ؟ مين ها يقرا لكاتبة اسمها تفيدة ؟

فكرت كثيراً في هذه الفكرة، نعم إن أحمد محق كل الحق، لابد للموهبة والوجه الجميل من عنوان جميل سأغير اسمي على الرغم من اعتزازي به إلا أنني سأتخلص منه هو الآخر، إذا كنت تخلصت من وجهي ومعظم جسدي ألن أتخلص من اسمي؟ من باكر سأذهب لأتمم إجراءات تغيير الاسم إنها مسألة شاقة ولكنها ليست أكثر صعوبة من عمليات التجميل .

ولكن ماذا سأسمي نفسي؟ وعرض علي أحمد اسم "مهرة" إنه اسم عربي أصيل يدل على الأنوثة والأصل الطيب وهكذا بعد عدة أشهر من الروتين والبيروقراطية والصعوبات أصبح اسمي "مهرة".

وبدأت في التفكير الجاد لنشر رواياتي إن لدي روايتين ناضجتين فاخترت واحدة لأبدأ بها أول خطوة في طريق الاحتراف واتصلت بمدير إحدى دور النشر الشهيرة في القاهرة وأخبرته أنني أرغب في نشر روايتي الأولى لديهم فوجدت منه تفاهماً وترحيباً ،وطلب مني إرسال الرواية إلى القاهرة فأرسلتها إليه مع أحد أقاربي الذين يترددون على القاهرة . ومر أسبوع واثنان واتصلت به مرة ثانية فطلب مني الاتصال بعد أسبوعين فاتصلت مرة ثانية بعد أسبوعين فكرر طلبه بمنحه مهلة لأن الرواية طويلة ، ظللت على هذا الحال حوالي سبعة أشهر ،أتصل ليطلب مني المدير أن أتصل

مرة ثانية وفي النهاية أعلنها صراحة إن روايتي لا تصلح للنشر لا لشيء سوى لأنها طويلة يجب ألا تزيد الرواية عن ستين صفحة فولسكاب وإلا لن تصلح للنشر .

أصبت بالاكتئاب والإحباط ولكنني كنت قد بدأت في كتابة رواية جديدة فوعدت المدير أن أرسلها بعد أن أنهيها . وما أن انتهيت حتى أرسلتها هي الأخرى ولكنني كالعادة لم أتلق ردا وظللت على هذه الحالة ستة أشهر إلى أن دعاني مدير دار النشر لزيارتهم لأجلس مع أحد النقاد الذي سيدلي برأيه في كتاباتي بكل صراحة ووضوح ورافقني أحمد وذهبنا وكانت أول صدمة لي قال الناقد بالحرف الواحد " انت ازاي تكتبي عن تجربة ماعشتيهاش ؟ لازم تكون كتابتك واقعية تجاربك وتجارب اللي حواليكي، نجيب محفوظ كل قصصه كانت تجارب عايشها عشان كده وصل للعالمية . لازم لما تكتبي اقتنع بصدق التجربة اللي انت بتكتبيها "

صدمت كيف أكتب تجربة عشتها ؟ هل أنا مؤرخة تاريخية إنني مبدعة فنانة ما الفرق بيني إذن وبين المؤرخ التاريخي؟ كانت الرواية تروى على لسان مطرب مشهور يحكي عن حياته الخاصة وتجاربه الشخصية يحكي عن أسرته والده و إخوته وعن رحلته الفنية التي بدأ فيها مطرباً في ملهى ليلي ثم أصبح من كبار نجوم الطرب في الوطن العربي .

لم يصدق الناقد الرواية لأنني سيدة وصفت أدق مشاعر الرجل ولأنني ريفية بسيطة كتبت عن مجتمع لم تعش فيه ولأنه لم يصدق أن هناك مطرب بتلك المواصفات التي يتسم بها هذا البطل الخيالي .

حاولت كثيراً أن أقنعه بأنني أكتب قصصا عن بطل مثالي في خيالي بطل قومي عربي إنه البطل الذي يجب أن يكون

قدوة لكل الشباب العربي من يعمل منهم في مجال الفن ومن لم يعمل .

أخبرته أننا نعيش في عصر انعدمت فيه المثل العليا والبطولة لم لا أحاول إحياء النزعة الأخلاقية من خلال كتاباتي؟ رد علي قائلا أن الفن شيء مرتبط بالجمال وليس الأخلاق .

كان كل هذا الهجوم من السيد الناقد بعد قراءته عشر صفحات فقط من الرواية أي مقدمة الجزء الأول. لم أعلق، فقط عدت إلى قريتي محبطة ومكتئبة كسيرة القلب إن مستوى الرواية جيد جدا ولكنها للأسف تعيسة الحظ وقررت البحث عن طرق أخرى لنشر روايتي فقد دفعني التحدي وأجج نار الثورة لدي فأنا لن أسمح لأحد أن يكبح جماحي إنني " مهرة" عربية أصيلة لا أحد يقف أمامي لن أدع أحداً يقتل الطموح بداخلي .

وحكيت لأحد أصدقائي ما حدث فعرض علي المساعدة إن لديه أحد الأقارب الذي يعمل في قطاع الإنتاج لدى إحدى الفضائيات العربية وأخبرني أن روايتي يمكن أن تصبح مسلسلاً ضخم الإنتاج ،وطلب مني أن أسمح له بالتحدث مع صديقه وسمحت له إنه عرض مذهل بالطبع .

بعد عدة أيام أخبرني بأن أنسى هذه الفكرة، وانتابني الفضول وسألته لم ؟ فأخبرني بأن هذا الوسط وسط غير محترم، فقد طلب منه الصديق مقابلاً لخدماته، مقابلاً مبدئياً وهذا المقابل هو أنا! نعم يجب أن أتنازل له عن شرفي وكرامتي حتى يقبل بالتوسط لي وتشتري القناة الفضائية الشهيرة روايتي وتحولها إلى مسلسل وأبدأ طريقي إلى الشهرة يا له من مقابل !

46

وشعرت ولأول مرة بالذل والضعف والغضب العارم لقد صدمت صدمة عنيفة وقفت لأول مرة في مواجهة العار فأخبرته أنني أفضل بيع روايتي لأحد بائعي الطعمية على أن أحولها إلى مسلسل بهذه الطريقة الحيوانية البهيمية القذرة .

أغلقت الشات بوكس وأنا أبكي من القهر الذي شعرت به. لقد زاد إحباطي وقهري واكتئابي وأخشى على نفسي من المجهول فبداخلي موهبة حقيقية مدفونة ولا يستطيع أحد مساعدتي في جعلها تخرج للنور، وبداخلي طموح عظيم يقتلني ،وتعرضت لأقسى إهانة يمكن أن تتعرض لها امرأة . أريد مساعدة إنني أخشى كل دور النشر، كل البشر. إنني ريفية فلاحة لم يسبق لي التعامل مع الرجال ولأول مرة أشعر بأن موهبتي عبء ثقيل أرزح تحته .

لو لم تكن تلك الموهبة لدي لم أكن لأمتلك ذلك الطموح القاتل الذي يسبب لي التعاسة. لو لم تكن تلك الموهبة تعصف بي لم أكن لأغير ملامحي ولا أنفق معظم ميراثي على عمليات التجميل وشراء الميك آب والملابس الباهظة الثمن . لو لم توجد بداخلي تلك الموهبة لما شعرت بهذا القدر من الألم . إنني ألتف بملاءة نسجت من الذل والألم.

إن روايتي جيدة، لا تتحدث عن العلاقات الجسدية الفجة المحرمة أو الشذوذ، إنها تحكي عن مطرب شهير يحب سيدة فاقدة الذاكرة مجرد علاقة بريئة سامية. فعندما أكتب عن إنسان لا أتعمق في مهنته ولكن أتغلغل داخل مشاعره.إنني أكتب الجانب الإنساني وليس المهني ولكن كيف أجد من يفهمني .

إنني أقف أمام سلم شاهق العلو وفشلت في أن أضع قدمي على أول درجة منه ،إن هذه الدرجة هي ما ستمكنني من الوصول ولكنني لا أستطيع أن أضع قدمي عليها كأنني

مقيدة و من خلفي زبانية الجحيم يضربونني بمقامع من حديد
.

ظللت حزينة لفترة طويلة أكتم شجني ولوعتي، وتركت الرواية التي كنت أكتبها فانا محبطة كفاية لأستطيع الكتابة . وحاولت كثيرا أن أخرج من هذه الحالة ولكنني لم أستطع كان يغلب علي الحزن واليأس . لقد طعنت في موهبتي في كياني طعنة نجلاء وضعت نهاية مأساوية لكل أحلامي وطموحاتي .

وقررت ترك الكتابة والتخلي عنها والتفرغ لمراعاة أرضي والإشراف عليها، فأنا فلاحة ريفية لا يجدر بي دخول مجال أكبر مني لا يجدر بي العيش في وسط أجهل كيفية الحياة به. مرت سنة كاملة لم أمسك فيها القلم سوى لمراجعة حساب ما أو كتابة رقم هاتف ،على الرغم من غضب أصدقائي العارم مني واتهامهم لي بالضعف والخنوع والاستسلام ولكنني عنيدة ورأسي صلد كالصخر لم تجد محاولاتهم معي لا أستطيع أن أوهم نفسي أكثر من ذلك فلأعش في الواقع وأكف عن الأوهام .

مساء أحد الأيام دخلت على الإنترنت على إحدى الغرف العامة فوجدت مجموعة من الشباب يتصارعون فيما بينهم ويتشاتمون بأبشع الشتائم وكعادتي دخلت لأهدئهم وأخبرهم أننا جميعا أبناء وطن واحد وإن اختلفت جنسياتنا فنحن في النهاية عرب وإن لم نكن عرب فمسلمين وإن لم نكن مسلمين فنحن إخوة وجيران ونسيج واحد يجب ألا يتفتت .
ووجدت من وقف بجواري في هذه المعركة المتكررة و تحدث عن الابتعاد عن العصبية القبلية وذكر آيات قرآنية

تنهى عن التعصب العرقي وتحض الشباب على التماسك والوقوف وقفة رجل واحد أمام كل مسببات التفرق .

وبعد أن هدأ الشباب دخل ليكلمني ويشكرني على ما فعلت مع الشباب وعرفني بنفسه ولم يكن سوى أحد النقاد الكبار فوجئت وعلى الفور كشفت له عن شخصيتي الحقيقية وأخبرته بأنني كنت كاتبة واعتزلت لعدم اعتراف دار النشر بموهبتي فطلب مني قراءة الرواية ليقيمها وينتقدها من وجهة نظره فأرسلتها له على بريده الإلكتروني وطلب مني مهلة أسبوع لكي يستطيع قراءتها وتقييمها ومر الأسبوع وخشيت أن أقترب من جهاز الكمبيوتر وجمعت كل شجاعتي وفتحت الجهاز لأجد أكثر من عشرين(أوف لاين مسج) من الناقد والكاتب عضو رابطة الأدب الإسلامي العالمية وصراحة شعرت بدقات قلبي تتوقف تماما ثم تتسارع كأن هناك من يركض خلفي .

قال بالحرف الواحد وبكل أمانة " اللغة رائعة حقيقة أصيلة تقنيات التوصيل إلى القارئ تنم عن حذق كبير وقدرة على المناورة وتشير إلى مستقبل واعد واثق ،فمعالجة لحظات السقوط لم تتورط في تفاصيل الوحل واتبعت بتلميح ولكن ببعض الإثارة للأسف(الأسلوب القرآني السامي) اللغة نادرة بحق

وتفاصيل التقنيات تحتاج إلى إفراد حيز كبير من التناول هنا .... الشخصيات مرسومة ومجسدة بفنية ففيها الخير والشر وهي شخصيات عادية يمكن أن نجدها حولنا، الموضوع حقيقة ثري واقعي يحتاج إلى معالجة فنية أدبية

ولكنني أشفقت على الأستاذة مهرة من التصدي له رغم التميز في عرضه بروح وطنية قومية جديدة لم نرها كثيرا في أديباتنا وأدبائنا،

لكن الشكل الأدبي ليس روائيا من خلال الفصل الأول

لأنه سيرة ذاتية لشخص واحد من خلاله يتم عرض الأحداث العريضة في الرواية كما سيطرت الخطابية على اللغة بسبب هذا(سيرة ذاتية)

المنولوج الداخلي جميل جدا ولكنه لم يؤت الثمار التي نتوخاها منه فنيا لأنه كله لشخص واحد وهو البطل وفي النهاية بشكل سريع أقول مبروك يا أستاذه مهرة الأسلوب الرائع النادر ومبروك الأصالة النادرة والرغبة الواعية في علاج قضايانا ،التي ولاشك ستأخذ طريقها إلى الترقي دائما إن شاء الله

ومبروك لمصر أن يكون فيها سيدة مثلك 27 سنة وعلى هذا المستوى المشرف في التجريب في الكتابة الأدبية

الغد واعد والمستقبل أبهى   والضريبة باهظة التكاليف سهر   وقراءة وتجويد ومزيد من الصقل.............. وأنت أهل لكل هذا

حاذقة بارعة متقنة جادة _ تتسلحين بحس أدبي مرهف "

حقيقة كلماته أعادت لي الثقة بنفسي ثقة وصلت لدرجة الغرور الذي لا أعرفه. إنني أحترم ذلك الرجل وأثق به ولا أدري لم أشعر ناحيته كأنه والدي على الرغم من أنه لم يتجاوز الأربعين من عمره ولكنه يشعرني بعاطفة الأبوة التي فقدتها منذ وقت طويل ،ووعدني بتبني موهبتي ومساعدتي إلا أنني كنت مازلت أخشى الدخول في مهنة الكتابة كمحترفة وحكيت له عما حدث وعن الرجل الذي ساومني لأقيم علاقة معه وشعرت بأنه ثار وغضب لألمي وأخبرني أنه لابد أن أثق بنفسي وموهبتي وأثق أن الطريق المستقيم هو أقوى وأنظف وأقصر الطرق للوصول إلى الهدف وأن هذا الشخص ما هو إلا استثناء فاسد لا يمثل كل من يعمل في الوسط الفني أو

50

الثقافي عموما .

إنني أدين له بفضل كبير فقد جعلني أكمل الرواية التي تخليت عنها منذ سنة كاملة وطلب مني أن أرسلها هي الأخرى ليقيمها وبدأت في الكتابة مرة ثانية ولكنني قررت ألا أنشر في دور نشر عادية سأحاول نشر روايتي على أحد المواقع التي تنشر الكتب الكترونيا أون لاين ووعدني نيكولا بتذليل هذه المشكلة و استطاع أن يجد شركة كبرى تنشر الكتب بهذه الطريقة وأخذ مني النص ليعالجه ويحوله من ملفات (Word)ويحولها إلى ملفات (PDF)   حتى لا يستطيع أحد طباعته أو نسخه وأرسلت لي الشركة العقد على بريدي الالكتروني فطبعته ووقعته وأرسلته لهم إنه عقد إلى حد ما أكثر إنصافاً من عقود دور النشر الورقي . ولكنني مازلت متشوقة لنشر الرواية ككتاب مازلت أعشق الكتاب الذي أضعه على ركبتي . أعشق الطباعة ورائحة الورق ولكن ماذا أفعل ليس أمامي سوى هذا الطريق وحمدت الله كثيرا على وجود تلك الفرصة.

وفي اليوم التالي مباشرة لإرسال النص بطريقة(PDF) فتحت الموقع لأرى الكتب المعروضة بالصدفة فوجدت اسم روايتي في الكتب المعروضة حديثا ووجدت نفسي أصيح كـأنني جننت وأنادي خـالتي وأنـادي أحمد الـذي صعق وزغردت خالتي فرحة وجاء الجيران ليستفسروا عن سبب الزغاريد وأخبرتهم خالتي بـأنني أصبحت كاتبة تنشر لي مواقع الإنترنت رواياتي .

وانتشر الخبر في القرية ووجدت من يتصل بي بعد ذلك ويسألني عن مبلغ ربع مليون جنيه حصلت عليه جراء نشر

الرواية ولم أكذب الخبر ولم أنكره. وانتشر خبر الربع مليون جنية في القرية كالنار في الهشيم وبدأ الناس يعاملوني معاملة أخرى بعد أنا كانوا يستهزءون بي عندما كنت قبيحة ويحتقرونني بعد أن أصبحت جميلة لأنهم يحتقرون عمليات التجميل حتى أن إحدى السيدات أخبرتني ذات مرة قائلة " يا خايبة ضيعت فلوس عمك على العمليات وبكرة ها يرجع شكلك زي ما كان هاتجيبي فلوس منين تعملي عملية زي دي كل ست أشهر "! ابتسمت من تفكير السيدة البسيطة فعندما غيرت ملامحي وفقدت أموالي تحولت نظرتهم لي إلى نظرة احتقار أما الآن فقد أصبحت مهمة فبعد أن كان الجيران يتجاهلونني أصبحوا يسألون عني وانهالت التليفونات علي لتبارك صعودي وأسمع من عبارات الود ما لم أسمع من قبل وأنا أبتسم في سري ساخرة وأتذكر المسلسل الشهير " ترويض الشرسة " وأتذكر بطلته ظريفة عندما هبطت عليها الثروة وطريقة تغير معاملة الناس لها . هههههه إنها مضحكة فعلا إذا كان لدي مال أو لم يكن ماذا سيستفيد الناس وما الفارق الذي سيشكله بالنسبة إليهم لماذا يعامل الناس الفتى باحترام والفقير بازدراء هل هي موروثات اجتماعية أم قيم غريبة على مجتمعاتنا أم ماذا ولكنني كنت سعيدة بتأثير هذه الشائعة التي لا أعلم من أطلقها .

وبدأت استقر شيئاً فشيئاً وأواصل حياتي في هدوء وأنفذ الروتين اليومي على أكمل وجه إلى أن ثارت نجوى وقررت إعلان العصيان على زوجها وقررت الطلاق وجاءت إلى منزل خالتي غاضبة إنها مسكينة لا تستطيع التأقلم مع طباع زوجها إنه حيوان معدوم الإحساس والأخلاق لا يعطيها أبسط حقوقها لديه حتى الأمان لا تشعر به معه اذكر أحد المرات أن أحمد شقيقها أحمد قال لها مداعبا " تعرفي يا نجوى انت مفتقدة الأمان زي الشعب الفلسطيني والشعب العراقي هما

خايفين بسبب الحروب والعربيات المفخخة وانتي يا عيني خايفة من النكد والخناقات "

فقالت نجوى " والله العربيات المفخخة والقناصين أحسن ألف مرة ....حتى اللي بيموت بكرامته مش قليل الكرامة زيي "

شجعتها على التخلص منه فهذا الحيوان لا يستحق سيدة مهذبة ومحترمة مثل نجوى تلك السمراء الفاتنة طيبة القلب وغضبت خالتي فأنا أشجعها على خراب بيتها ولكن سرعان ما اقتنعت بعدما شنع زوج نجوى بها وأطلق لسانه شديد الحدة باتهامات غير مقبولة . وساومهم الحيوان على حقوق نجوى ووصلت الأمور إلى طريق معقد فالجلسات العرفية لا تطيب حقا وتنازلت نجوى عن حقوقها لتحصل على حريتها وتركت العذاب الذي عاشت فيه ثلاث سنوات غير نادمة .

كانت في حالة نفسية سيئة وعاشت في فراغ ووحدة إلا أنها قررت العمل لقد تخرجت في كلية السياحة والفنادق لم لا تعمل كمرشدة سياحية وقامت القيامة فوالدها ولأول مرة يتدخل في تربيتهم وثار بينما ولأول مرة توافقها خالتي الرأي ولكنه عمل صعب وسط السياح الأجانب وحياة من عدم الاستقرار كما أنها يجب أن تعيش في القاهرة وحيدة غريبة وتفجرت في رأس أحمد فكرة رائعة لم لا أرافقها فأنا لا أعمل وستفيدني الحياة في القاهرة التي تزخر بكل الحركات الثقافية والمد ارس الأدبية ولكنها ما زالت صعبة إذ كيف ستسمح خالتي لنا بالعيش بمفردنا ولكن نجوى اقترحت عليها أن تتردد هي علينا بانتظام .

وصممت نجوى وناصرتها بكل قوتي ومعي احمد لم نعيش في هذه القرية ؟ إنها ليست حياة ... الخدمات بدائية الحياة رتيبة مملة إذا أراد أحدهم شرب كوب من الماء لابد

وأن يجد في نهاية الكوب الرواسب الطينيـة التي تدل على أن الماء لـم يسبق تكريره وذلك غير الرائحـة النتنـة ناهيك عن انقطاع الكهرباء وغيرها من مشاكل الريف.لا لن أعيش في القرية سأنتقل مع ابنه خالتي لأعاضدها وأغير حياتي الرتيبة فلربما صادفني شاب وسيم لا يعلم بقصة تخلصي من ملامحي القديمة ويخطفني على حصانه الأبيض ويطوف بي سماوات الخيـال . إننـي في السابعة والعشرين وأرغب في أن أعيش قصة حب رومانسية ملتهبة أريد شابـاً وسيماً يملأ فراغ عواطفي . إننـي جميلـة غنيـة رومانسية مـاذا ينقصني لأحصل على شاب حنون ، طيب ، وسيم ؟

وانتقلنا إلى القاهرة في شقة جميلـة اشتريتها بالاشتراك مع نجوى وأثثناها بعناية فائقة لقد انتقلنا إلى الوجه المضيء للدنيا ولابد أن نعيش في مستوى يليق بنا وبدأت أعيش حياتي بطريقة مختلفة فنجوى من تعمل أما أنا فأشرف على ترتيب المنزل وإعداد الطعام و خالتي صممت على أن ترافقنا بدوية حتى تعلمها بما نفعل أولاً بأول .

وبدأت في تغيير أسلوب حياتي اشتركت في نادي عريق لأمضي أوقات فراغي الطويلة جدا ارتديت ما لم أرتد من قبل و استمتعت بحياتي. كان ما يؤلمني فقط هو كثرة السيارات التي أرتعب منها فكنت إذا عبرت الشارع أذكر الشهادتين فأنا لا أدري إن كنت سأصل للجانب الآخر حية أم لا . ولكنني وعلى الرغم من كل مظاهر المدنية التي عشت فيها افتقدت هدوء الريف وصوت شقشقة الطيور في صباح الربيع الباكر .

أحد الأيام جلست في النادي وكنت مشغولة بكتابة مشهد مـن روايـة كنت أكتبهـا وبعد أن انتهيت وأثنـاء مغادرتي اصطدمت بأحد الأشخاص فطارت الأوراق التي كتبتها وتناثرت في حمام السباحة وكانت كارثة فقد اضطرب الرجل

وحاول أن يلتقط لي أوراقي ولكنه فشل وشعرت بالغضب العارم ولكنني كظمت غيظي لاعتذار الرجل العربي ولم أجد داعيا للتمادي في إظهار الغضب لأنني أكتب كل ما أكتبه على جهاز الكمبيوتر أولاً بأول فلا أحتاج للمسودة الأولية التي أكتب بها ودعاني الرجل لتناول كوب من عصير الليمون تعبيرا عن اعتذاره وقبلت وكان هذا الرجل عراقي الجنسية جاء مصر للسياحة فقد كان ضمن قوات الأمم المتحدة لحفظ السلام في دار فور السودان وسألني عن الأوراق فأخبرته بأنها رواية أكتبها فسألني إن كنت قد نشرت روايات من قبل فأخبرته أنني نشرت واحدة ككتاب إلكتروني فطلب مني اللينك الخاص بالرواية ليشتريها ويقرأها فإن أعجبته فسيخبر عنها ابن شقيقه الذي يمتلك دار نشر في القاهرة   طلب رقم تليفوني فأعطيته بريدي الإلكتروني ووعدني بأن يحادثني مجددا ليكفر عما فعل .

ودعته وذهبت إلى بيتي وبعد حوالي أسبوع وجدت منه رسالة تخبرني بأنه قرأ روايتي وجعل ابن شقيقه مدير دار النشر يشتري نسخة وأنه أعجب بطريقة كتابتي وأفكاري وطلب منه لقائي .

كانت فرصة رائعة فهاهي الواسطة لدي ــ على الرغم من عدم اقتناعي بأنني أحتاج واسطة لقبول أعمالي ــ والمدير معجب بكتاباتي وقررت أن أسلمه روايتي قبل الأخيرة وعن طريق التليفون أخذت منه موعداً صوته جميل يحمل قوة ورقة في نفس الوقت وسألت نفسي لأول مرة هل هو وسيم ؟ لا يعقل أن يكون شاب يمتلك مثل ذلك الصوت الجميل غير جميل ما الذي جعلني أفكر مثل هذا التفكير لا أدري .

اشتريت ثوباً فخماً لهذه المناسبة وذهبت إلى الكوافير وبعد أن انتهيت من تصفيف شعري وضعت عليه الحجاب

وحقيقـة لا أدري مـا الـذي دفعني لـدفع هذا المبلغ لتصفيف شعري إن كنت سأرتدي الحجاب ولكن المشكلة أنني أحيانـا مـا تعترينـي رغبـة غير واعيـة في أن أخـرج عاريـة الشعر كبعض فتيات العاصمة رغبت أن أبدو فاتنـة ذات شعر أسود خيالي ولكن في النهاية أرتدي حجابي في هدوء واقتناع بأنني أجمل وأرق فحجابي كبصمة يدي يميزني عن غيري .

في الوقت المحدد أخذت تاكسي وذهبت إلى دار النشـر والتقيت بالـسكرتيرة لقد ذهبت قبل الموعد بـدقيقتين فقط وعـندما أذنت لـي السكرتيرة بالـدخول شعرت بنبضات قلبي تتوقف ثانية .

لا أدري لمـاذا أهاب كـل تجربـة جديدة كـاد قلبي يقفز عندما دلفت إلى المكتب الأنيق وقام الشاب من خلف مكتبـه ليستقبلني لا أدري لم ارتجفت يدي وأنا أصافحه إنه ودود جداً والأكثر تـأثيراً مـن الـود أنـه شديد الوسامة إنه يستحق لقب "سوبر وسيم العرب " لقد كنت أعتقد أن شباب مصر هم أوسم شباب العرب ولكنني كنت مخطئة . إنـه ...... لا أجد من الكلمات ما أعبر به عن مدى وسامته ورقته شعره الشديد السواد يظهر لـون عينيـه العسليتين الفاتحتين رياضي القوام رقيق الملامح كأنه أحد آلهة الإغريق .

كنت متماسكة ولكنني منبهرة إنه أوسم شاب التقيت بـه إلى الآن . لم أبدأ الحديث ووفر هو علي مشقة البدايات التي لا أجيدها فرحب بي واعتذر لـي عما فعله عمه عندما ضيع أوراق روايتي حقيقة أخجلني بلطفه ورومانسيته المفرطة ولا أدري لـم شعرت بالدونيـة والـضعة وأنا أراقب تعبيرات وجهـه ولكنـه بـدد لـدي هذا الـشعور لقد أشعرني بكلماتـه المـشجعة أنني أمتلك أسلوبا أخـاذا راقيـاً لقد قرأ روايتي المنشورة على الإنترنت وأعجب بطريقة معالجتي للقصة وأعجب بالحوار وقال لي كلمـة غريبة قال أنه أعجب إعجابا

شخصيا ببطلة الرواية " رانيا" .

لا أدري أهـو إسـقاط أم كـان يقصد البطلـة فعـلا ولا يقصدني أنا ولكم تمنيت أن يكون أنا من يقصد !

أعطيتـه الروايـة بعد أن شربت معـه القهوة وعدت إلى البيت ولا أدري مـا أصابني شعرت بشيء غريب طوال النهار أتحـدث عنـه وعـن لقـائي بـه وأصـف مـشاعري لنجوى المسكينة التي كنت أوقظها فجرا لأحكي لهـا عمـا قالـه لـي بالحرف الواحد.

كـان شـعورا غريبـا لا أدري أهـو شـيء لا إرادي أم هـي طريقـة اخترعهـا عقلـي البـاطن لأبدد مشـاعري تجاه نيكولا الذي مازلت أتألم لمـا تسببت لـه بـه لقد قاومت مشاعري تجاه نيكولا لدرجة أربكت مشاعري وشوشت أحاسيسي .

وفكرت لم لا أسافر مـع نجوى لأغير الجو الخانق الذي أشعر بـه سأسافر إلى شرم الشيخ بصحبة نجوى للاستجمام وسـأظل هنـاك لمدة إنني أشعر أنني أختنق الشعور بالوحدة يدمر أعصابي ويشعرني بالإحباط.

وسافرت بصحبة نجوى إنـه عمل رائع أن تكون مرشداً سياحياً تلتقي بالسياح العرب والأجانب وتجوب كل المنـاطق السياحية إنـه عمل مضني ولكنه ممتع إن نجوى بارعة في عملها لهـا أسلوب راق في التعامل مع البشر إنني أفخر بأنها ابنه خالتي . وعدت إلى القاهرة بعد الرحلة وقد استرحت قليلا ووجدت رسالة من صديقي العراقي يطلب مني الاتصال بابن شقيقه . وعلى الفور اتصلت بدار النشر لأحدد موعدا مـع المدير .

وذهبت فـي الموعد المحدد ولكننـي لـم أجده وأخبرتني "تريزا " السكرتيرة أنه في المطابع وهممت بالعودة إلا أنها طلبت منـي الانتظار وانتظرت ولم يطل انتظاري وأتى وسلم علي ودعاني لـدخول مكتبـه وطلب مـن السـكرتيرة إحضار

غداء لشخصين .

ارتبكت وسألته عن سر دعوته لي فأخبرني بأنه عرض الرواية على لجنة ولكن للجنة بعض التحفظات.

هممت بالاعتراض إلا أنه أشار لي لكي لا أقاطعه قائلا أنه قد قرأ الرواية بنفسه وأنه لا مانع لديه من نشرها لأنها تجربة يجب أن تحترم وأنه قرر طبعها.

سألته عن تكاليف النشر فأخبرني أنني يجب أن أشتري مائتي نسخة بسعر الغلاف وصدمت لم لا أطبعها على نفقتي الخاصة إذن وتأخذ دار النشر نسبتها وتأخذ شركة التوزيع نسبتها هي الأخرى ولم يطل تفكيري ووافقت على شراء مائتي نسخة من روايتي حتى تنشر .

أخذت منه نسخة العقد لكي أعرضه على محام وهممت بالمغادرة وأنا أتحسر على المبلغ الذي سأدفعه لدار النشر ولكنه استوقفني وطلب مني تناول الغداء معه عارضت بشدة ولكنه صمم فوافقت على استحياء وبعد الغداء عدت إلى الشقة ووجدت نجوى بانتظاري وحكيت لها ما حدث بالتفصيل وعن المئتي نسخة وأعربت لها عن خيبة أملي ولكنها أخبرتني بأن دور النشر ليسوا تجاراً معرضين للربح أو الخسارة .

وقعت العقد بعد أن أكد لي المحامي سلامته وبدأت دار النشر في تحويل الرواية لكتاب وترددت أكثر من مرة على دار النشر لأتابع خطوات التحويل وتصميم الغلاف .

بعد الانتهاء من مرحلة الطباعة أخذت النسخ الخاصة بي لأوزعها على أصدقائي وبدأت در النشر في الترويج للرواية وعقد الندوات للمناقشة وكنت أحضر هذه الندوات في معظم الأوقات بصحبة "ذو الفقار" وهذا هو اسمه كان يشجعني بطريقة ملفتة للانتباه ربما لأن أسلوبي في الكتابة يعجبه وشخصياتي الخيالية تؤثر به .

كان للرواية صدى جيد لدى القراء وبعد بضعة أشهر طبعت دار النشر طبعة أخرى وبدأت في التجهيز لرواية جديدة وقررت أن تكون الفتاة "تفيدة " هي بطلة هذه الرواية نعم تفيدة تلك الفتاة القبيحة المسكينة التي أضعتها نتيجة لطموحي الجامح قررت أن أستفيد من تلك التجربة وان أرسم بمهارة نفسية الفتاة القبيحة .

وبدأت الفصل الأول لكنني شعرت بضغط عصبي شديد فقررت إرجاء كتابة هذه الرواية حتى أستريح من ذلك الضغط العاطفي والعصبي فالكتابة تحتاج إلى مزاج رائق.

أخبرني "ذوالفقار" بالصدفة أنه قرر أن يستضيف عمه الأستاذ محمد وعمته السيدة سناء لمدة أسبوعين في إجازة فقد فقدت عمته ابنها الشاب نتيجة لعملية إرهابية منذ بضعة أشهر .

وعرضت عليه فكرة أن أقوم أنا الأخرى باستضافتهما عندي في قريتي و عيد شم النسيم بعد أسبوع لم لا نحتفل جميعاً معاً ؟ شكرني في البداية ولكنه كان يعارض الفكرة ولكنني ألححت عليه أن يوافق فطلب مهلة ليستشير عمه وعمته.

وكنت على اتصال مع الأستاذ محمد وعرضت عليه الفكرة فرحب وأخبرني بأنهم سيزورونني بالتأكيد ويقضون عدة أيام في الريف المصري الساحر الهادئ . والتقيت بهم في القاهرة أنا ونجوى وصاحبناهم إلى قريتنا بينما اعتذر ذوالفقار ووعدني باللحاق بنا يوم شم النسيم فلديه أعمال كثيرة يجب إنجازها .

السيدة سناء سيدة رقيقة طيبة لا أدري لم شعرت بأنفاس والدتي عندما كنت أكلمها إنها بارعة الحسن تذكرني بإحدى ممثلات جيل الوسط . جمال يكتسي بحزن فيمنحه سحر خاص من الصعب تحديد أثره في النفس أو التخلص من

هذا الأثر ولو أجهدت ذاكرتك في النسيان . حاولت ألا أشعرها بالغربة كنت أجلس دائما معها حتى وإن صمتت محاولة اجترار ماضي الشهور الفائتة شديد الإيلام.

أحدى المرات طلبت منها أن تحدثني عن ولدها الشهيد " عمر " فامتلأت عيناها بالدموع وشعرت بمدى قسوتي إنها تحاول أن تنسى مصابها فأفتح أنا جرحها بلا رحمة . لقد فقدت أسلوبي ولاشك .

اعتذرت لها ولكنها لم تتكلم تكلمت عيناها بدموع غزيرة أشعرتني بمدى بشاعتي ولكنها ضمتني لصدرها في حنان جعلني أذوب من شدة رقتها أسلوبها الطيب الرقيق وكرمها الشديد وتسامحها جعلاني أصدق بالفعل أنها أمي وطلبت منها مشاركتي غرفتي حتى لا أبتعد عنها لحظة واحدة طوال وجودها عندي ولا أدري لم ارتبطت بها هذا الارتباط الشديد إنها سيدة شديدة الجاذبية عندما رأتها خالتي وحادثتها أعجبت بها جدا على الرغم من أن خالتي لا تفهم اللهجة العراقية أبدا وللحقيقة أنا أيضا كنت أفهمها بالشبه فإخواننا في العراق يتكلمون بسرعة فائقة والأكثر أنهم يقلبون بعض الحروف لحروف أخرى فيتغير معنى الكلمة ونطقها فحرف الكاف مثلا أحيانا ما ينطقونه جيما معطشة والأصعب اقتباسهم بعض الكلمات الفارسية والتركية .

إحدى المرات قالت لي السيدة سناء " انت كلش خوش بنية " شعرت بالضياع عندما سمعت هذه الكلمة وابتسمت في بلاهة محاولة عدم الرد ولكن الأستاذ محمد ترجمها لي على الفور وهي تعني أنني فتاة طيبة .

اللهجة العراقية على الرغم من أنها صعبة إلا أنني أجدها فاتنة لا أدري لم أغرمت بها وأحببتها ووجدتها من أجمل اللهجات العربية .

الاحتفال بشم النسيم لم يكن يعني لي الكثير فلم أحتفل به

من قبل أما هذه المرة فكان الوضع مختلفاً سنحتفل جميعاً وسيأتي ذو الفقار من القاهرة ليقضي اليوم معنا لذا يجب أن يكون يوماً مميزاً وأرسلت أحمد ليشتري الفسيخ ووصيت عبادي لكي ينظف الجرن خاصة تحت شجرة العنب لأننا سنتناول الغداء تحتها وأحضرت له براد شاي جديد وطاقم من الأكواب الفاخرة حتى يتسنى له عمل الشاي على الراكية.

لا أدري لم كنت فرحة بهذا اليوم هل لأن ذو الفقار سيزورني في بيتي وماذا إذا زارني أليس شخصاً عادياً ؟...... لا إنه ليس شخصاً عادياً ...... أنا لا أدري ما الرابط الذي يربطني به ، هل لأنه مدير دار النشر التي أتعامل معها ...... لا أعتقد . هل هو الاهتمام الذي يظهره لي وحسن الأسلوب والتعامل الراقي ؟....... أيضا لا أعلم إنني أشعر كأنه شيء قريب مني أشعر وبدون خجل أنني امتلك ذلك الشاب على الرغم من أن احتمال حبه لي لا يتجاوز الواحد من عشرة في المائة .

إنه يتصل بي أحياناً بدون سبب إحدى المرات اتصل بي ليسألني عن روايتي الجديدة واسم بطلتها كان سبب غير معقول ولكنني وجدت له العذر إنه شاب وحيد في بلد غريب لا أقارب له ولا أهل ربما يريدني أن أصبح صديقته فهو إنسان محترم مهذب وأنا تشرفني صداقته .أما الحب فلا أعتقد أنه يحبني أنا إنه يحب رواياتي وأسلوبي في الكتابة وحتى بطلات رواياتي ولكنه لم يسبق له أن لمح لي بأنه معجب بي بصفة شخصية .

لا أدري لم أردت أن أبدو مميزة فجهزت ثوباً فخماً لهذه المناسبة ولاحظت عمته اهتمامي الشديد وقالت كلمة تخللت كياني " شوفي مهرة "ذوذو" هوايه طيب ايحب البنت الحنونة الطيبة وانتي كلش حنونة انت مو مهرة انت ناقة "

حاولت ألا أبدو متلهفة عليه وخاصة عندما قاد المسافة من القاهرة إلى قريتنا وهو لا يعرف الطريق البعيد الذي يبعد عن القاهرة حوالي ثلاث ساعات ونصف وفي الوقت المحدد كان قد أتى.

كانت خالتي قد أعدت الفطير المشلتت لإفطار الضيوف وأفطرنـا وذهبنـا جميعـاً إلى الحقل وسط الخضرة المبهجـة وجلس هو بجوار عمتـه واضعـاً يده على كتفها وأخذ يسألها عن أحوالها هنا وعن انطباعها عن وجودها في الريف المصري السـاحر وأخذت هي تحكي لـه عن الأشياء التي زارتها وعن مقام العارف بالله سيدي إبراهيم الدسوقي الذي لا يبعد عنا سوى عدة كيلومترات وعن ساعة العصاري التي نقضيها معا في السير بين الحقول أو في الحديقة لقد أحبت الحيـاة بصحبتي وأخبرت الجميع أنهـا تـود لو رافقتهـا إلى العراق .

لمعت عينيه وهو يتفحص ملامحي ونظر لي نظرة حانية سـاحرة وشـكرني على مـا فعلت.أنـا لا أريد هذا الشكر إنني أتعاطف مـع تلك السـيدة الذبيحـة التي فقدت ولدها الشاب بحادث إرهابي مـؤلم ذلك الشاب الوسيم الذي مـا أن رأيت صورته حتى علمت على الفور لـم انهارت والدتـه كل هذا الانهيار ليس والدتـه فحسب بل العائلة بأسرها فقد غادر أربعة من أخوالـه العراق بعد الحـادث كمـا غـادرت والدتـه وجدتـه وأخته إلى دبي .

إنها مأساة بالفعل شاب يبلغ من العمر خمسة وعشرين عاما يقتل بلا ذنب ولا جريرة. شاب يخرج من منزلة ليزور بيت جدته فيمنعه الموت من الوصول إلى بيت جدته ويغتالـه المجرمون على بعد خطوات. لقد هجرت الجدة البيت وآلت على نفسها ألا تسكنه بعدما اغتيل حفيدها أمامه .

لم يفعل الإرهابيون ذلك ؟ كنت أفرح فيما مضى عندما

62

أعلـم أن المجاهـدين قـامـوا بتفجيـر سيـارة مفخخـة فـي رتـل عسكـري أمريكي كنت أفخر بهـم لأنهم يدافعون عن كرامـة وطنهم ضد محتل مغتصب كنت أفرح لدرجة أنني فكرت في كتابـة روايـة عن أحد هؤلاء المجاهدين ولكن بعد أن رأيت هذا الكم الكبير من السيارات المفخخة التي تستهدف المدنيين الأبريـاء أصبت بالهلع والخوف ما ذنب المدنيين سنة أم شيعة أو مسيحيين ؟إن الحرب مع المحتل وليس الشعب الأعزل لقد رأيت علـى قنـاة العراقيـة عـدداً كبيـراً مـن الإرهابيين الـذين قامـوا بقتـل المـدنيين واغتصـاب الفتيـات والخطـف وتفجيـر السيارات مقابل حفنـة من المـال إنهـا صدمـة ولاشك . إننـي أتعاطف كل التعاطف مع الشعب العراقي الجريح وأشعر أن مـا يحدث لـه هو جرح في قلبي لن يندمل أبداً. شعرت بـأن كل أم ثكلى هـي السيدة سنـاء أم عمر الشهيد ذلك الشاب الممتلئ بالحيوية الذي فقد حياته بلا جناية .

شردت قليلاً والجميع يتحدث عني فقد انبرت خـالتي تعدد لهـم المزايـا التـي أتحلى بهـا فأنـا ست بيت شاطرة وحنونـة وطيبة أما أنا فكنت أفكر في عمر ذلك الشاب الذي جعل قلبي ينفطر عندما أتذكر أن روحـة المرحـة الخفيفـة غادرت جسده بسبب رصاص الغدر والعار .

أفقت على صوت نجوى وهي تطلب من بدويـة إحضار الغداء الذي لم يكن سوى أفخر أنواع الفسيخ البلدي وذعر ذو الفقـار عندما اشتم الرائحة من بعيد وسـأل عن ماهيـة ذلك الشيء ذي الرائحة البشعة وأخبره عمه أن اسمه في العراق سـمك معتق وهـو أكلـه شهيرة فـي مصر وسـأل عن طريقـة تصنيعه فرفضت إخباره وقلت لـه أنه سر لا نعرفه فأصحاب المهنـة يتوارثونهـا فتصنيع الفسيخ مثل سـر التحنيط عند قدماء المصرين لأننـي إذا أخبرتـه بكيفيـة التصنيع سيرفض الأكل قطعياً .

وما أن وضعنا الطعام واشتم رائحته عن قرب حتى تغير رأيه وأكلنا جميعاً وقمت لأساعدهم في غسل أيديهم للتخلص من رائحة الفسيخ شديدة البشاعة وقام عبادي بعمل الشاي وشعرت بسعادة الجميع ولكن ذو الفقار قرر أن يأخذ الجميع ليعودوا إلى القاهرة وحاولت أن أثنيه عن عزمه أو أطلب منه البقاء إلا أنه كان مصراً على الرحيل فهو لم يجلس مع عمه أو عمته ويرغب في أن يقضي معهم وقتاً أطول .

وحزنت لأنهم سيتركونني لقد ارتبطت بهم ولكن حدث ما جعل ذو الفقار يتراجع عن قراره صاغراً فقد شعر بآلام شديدة نتيجة تناوله الفسيخ والفطير في يوم واحد وكان يتألم بدون أن يتكلم إلى أن صرح بأنه يشعر بالسوء ويرغب في الراحة قليلاً وصاحبته إلى غرفة نوم عمي بعد تجديدها وتغيير أثاثها فتمدد في الفراش وطلب مني أن أتركه وأخرج .

بعد قليل دخلت عمته لتطمئن عليه وخرجت فزعة وأخبرتني بأنه يعاني آلاماً شديدة لا يتحملها وفوراً اتصلت بالطبيب الذي أتى على عجل . خشيت أن يكون قد أصيب بتسمم نتيجة أكلة الفسيخ ولكن الطبيب أقر بأنه أصيب بمغص مراري نتيجة الأكلة الدسمة التي تناولها .

شعرت بالذنب وأنا أراقب وجهه الذي شحب وتكاثرت عليه قطرات العرق و قد اخترقت إبرة الجلوكوز ذراعه لم أتصور أبداً أن يصيبه ما أصابه وجلست بجواره وطلبت من عمته وعمه أن يذهبا للنوم فقد تعودت مهنة التمريض وجلست في المقعد المواجه للفراش إنه مقعدي المفضل وتذكرت أيام كان عمي مريضاً ورغماً عني طفرت دمعة من عيني تذكرت ما حدث لعمي وفراقه لي وجلست أبكي . لا أدري لم تذكرت كل الألم الذي مررت به إلى أن شعرت به يحرك ذراعه في عصبية أمسكت بذراعه لكي أثبته حتى لا يحرك الإبرة فيضل المحلول طريقه وينتفخ ذراعه . إنه صعب

المراس عنيد ولكنني أكثر عناداً أمسكت بذراعه إلى أن غط في النوم ثانية وجلست ثانية على المقعد المقابل للفراش ولا أدري لم أخذت أتأمله وشعرت بشيء غريب. إحساس لم يسبق لي أن شعرت به ، شي ء ما يدفعني لأن أقترب منه وقاومت ذلك الإحساس بضراوة وتركت الغرفة كلها وذهبت إلى غرفة نومي وجلست في شرفتها إلى أن أذن الفجر فصليت وذهبت لأطمئن عليه ولكي أخلع إبرة المحلول من ذراعه فقد شارفت على الانتهاء وأثناء جذب الإبرة برفق من ذراعه فتح عينيه في ضعف فبادرته قائلة :ـ حمد الله على السلامة عامل أيه دلوقتي ؟

رد بصوت ضعيف :ـ الحمد لله هسه صرت زين .

ـ إن شاء الله تبقا زين على طول .

نظر إلى يده اليسرى فلم يجد الساعة فناولته إياها لينظر فيها فسألته :ـ بتبص في الساعة ليه؟

قال في حزم :ـ أريد أرجع القاهرة اليوم عندي شغل كلش مهم .

قلت في جدية :ـ بس الدكتور قال إنك لازم تستريح على الأقل يومين وتاخد الدوا في مواعيده وكمان ماينفعش تسوق عربيتك وأنت في الحالة دي .

ظهر الضيق على ملامحه وقال في حيرة :ـ أووووووف شسوي ؟ باجر عندي شغل هواية مهم .

ـ ممكن تتصل بدار النشر وتخللي تريزا تأجل مواعيدك لغاية ما تتحسن .

ابتسم ابتسامة هادئة ذات مغزى وقال في حنو غريب :ـ ما يخالف مهرة تدللين .

رددت وأنا مفتونة باللهجة المغرية :ـ تسلم . أنا اطمنت عليك هروح بقا أنام لي ساعتين قبل النهار ما يطلع .

ـ أوكي ما يخالف روحي بس باجر أريد أسولف وياج

بموضوع مهم .
ـ إن شاء الله انت هتنام دلوقتي ؟
ـ إي هسه أنام . تصبحين على خير مهرة .
ـ وأنت من أهله .
ذهبت لأرتمي في الفراش إلى أن استيقظت صباحاً وأمرت بدوية بتجهيز الإفطار ودخلت لأوقظ السيدة سناء فهي لا تحب الاستيقاظ متأخراً وطرقت على باب غرفة ذو الفقار لأوقظه ففتح لي وقد توضأ وأخبرني بأنه سيلحق بنا بمجرد أن ينتهي من الصلاة .
سعدت عندما رأيته وقد فرش سجادة الصلاة ولمعت حبات الماء على وجهه كأنها اللؤلؤ. لا أدري لم أعجبت بهذا المشهد إنني أحب الرجل الذي يصلي.
بعد الإفطار الخفيف جلسنا جميعاً في الحديقة وبعد الغداء طلب الانفراد بعمه وعمته سويا بعدها طلب مني استخدام جهاز الكمبيوتر الخاص بي فهو يود أن يتحدث مع أحد أعمامه في العراق وبعد أن انتهى طلب الحديث معي على انفراد .
كانت تصرفاته ذلك اليوم غير مفهومة وذهبت لأجلس معه في الحديقة ولكنه كان صامتاً وطالت فترة صمته إلى أن افتتح كلامه قائلاً :ـ مهرة تعرفين كلش زين إني احترمج واقدرج و....... وأحبج شوفي ما أريد أطول عليج زين أريدج إلي ...... شرأيج تتزوجيني؟
كان أقصر عرض زواج في التاريخ لذا صدمت وذعرت وشعرت بيدي ترتجفان واقشعر بدني ولا أدري لم شعرت بأن غشاوة بيضاء حجبت الرؤية عني . كان عرضاً مذهلاً بل كان أفضل عرض حصلت عليه على الإطلاق ولاحظ ذعري فسألني :ـ شصار ؟ شبيج مهرة ؟
رددت في خجل وارتباك آسفة بس ما توقعتش إنك تطلب

مني الطلب ده .
ابتسم قائلاً:ـ شو ما تريدين ؟
وضعني في مأزق فلم أرد فأكمل قائلاً :ـ شوفي مهرة . أنا اريدج من أول يوم شفتك بس عندي ظروف كلش مو زينة تعرفين شصاير بالعراق والحرب والموت والدمار أنا بتزوجك بس بالسر ماكو أحد يعرف من أهلي غير عمي محمد وعلاوي وعمتي .
أفقت من الحلم بغتة : ـ يعني أيه في السر؟
قال في سرعة :ـ آسف مو بالسر أقصد أنا أتزوجك زواج شرعي على سنة الله ورسوله كل أصدقائنا بمصر يعرفون اننا متزوجين . بس المشكلة ظروفي بالعراق ما تسمح. بالوقت المناسب نعلن زواجنا على الملأ ولا يهمك.
شعرت بالغرابة والدهشة ما معنى أن يطلب أحدهم يد فتاة ويتزوجاً طبقاً لأحكام الشريعة ولا يعلم والداه ولا أهله ولاحظ شرودي وضيعتي فقال مقنعاً:ـ مهرة تعرفين إن الأوضاع بالعراق مو زينة تعرفين همين إني تركت العراق حتى ابتعد عن بنت رفض بابا يزوجني هي .
ـ طيب لما الظروف تتحسن في العراق ها ننفصل واللا هانعلن جوازنا؟
ـ أعوذ بالله شنو ننفصل ؟ شوفي مهرة لو رب العالمين شاء وتزوجنا ما بننفصل أبداً إلا بطريقة واحدة بالموت إن شاء الله . لا تفكري أخليج أبداً أنا أحبج أموت عليج ماكو سبب يخلليني أتركج .

كلماته تطمئنني ولكنني مازلت قلقله . لم أعطه رداً وطلبت منه مهلة للتفكير وبعد سفرهم جلست مع خالتي بمفردنا وحكيت لها ما عرضه علي.... في الحقيقة كنت أريد إقناعها لأنني أعلم جيداً إنها إذا اقتنعت ووافقت سأوافق أنا

الأخرى حتى وإن ألغيت عقلي تماماً. خالتي كانت مفتونة به فبدا رأيها مزعزعاً وكذلك نجوى أما أحمد فقد ضحك في البداية وقال :ـ انتي يا توته يا بنت خالتي عاملة زي إسرائيل عايزة تكوش على كل الدول من النيل للفرات !

زجرته خالتي فأكمل في جدية " شوفي أولا هو لو مقتنع بيكي ماكانش ها يخبي على أهله . إنتي مش عرة عشان يخبي جوازه منك المفروض يتشرف بيكي مش يتذل منك ويخبي زي اللي بيسرقوا .

وحاولت إقناعه :ـ يا أحمد أهله ظروفهم صعبة دلوأتي انت شايف العربيات المفخخة والحال الأسود هناك وهو محرج يكلم أهله في الموضوع ده دلوقت .

قال مؤكداً :ـ مفيش حاجة اسمها إحراج ده جواز مش واحد يشتري ساندوتش انتي عايزة تغفلي نفسك يا هانم يتجوزك النهارده عشان لما الظروف تتحسن في العراق يرميكي ويروح يتجوز واحدة من بلده ويسيبك هنا تخبطي راسك في الحيطة .

صدمني كلام أحمد جداً ولكنه كلام منطقي وظللت أفكر ليل نهار إلى أن أعياني التفكير واتصل بي فطلبت تأجيل هذا الموضوع حتى أصل إلى قرار سليم .

استشرت كل أصدقائي وحتى نيكولا أخبرته وطلبت منه المشورة فلم يعطني إجابة شافية ولكنه قال " شوفي قلبك شو يقلك وامشي وراه ما تكسري قلبك توتي .

أجبت في صدمة " أنا مش عارفة أنا عايزاه واللا لا "

قال نيكولا في أكثر لحظات حياته صفاء :ـ لا انتي معجبة فيه كتير وبدك تتجوزيه لو الموضوع مش هيك ما كنتي سألتني ولا احترتي هيك حيرة ريحي قلبك مرة واحدة انتي تعبتيه كتير ما تخافي شو بيصير يعني ؟ اتجوزيه الله

يوفقك .

إن ذو الفقار شاب كله مميزات ولكن وضع الزواج الذي لا يعلمه أهله هو ما يقلقني أنا لا أريد أن أخسره إنه فرصة لا تعوض بالنسبة لي فأنا لم يسبق وأن تقدم لي شاب تتجمع فيه كل مقومات الوسامة والثراء والمركز الاجتماعي والأخلاق الرفيعة التي يتمتع بها .

كانت حيرة بالنسبة لي إلى أن قررت السفر للكويت لأذهب لشقيقتي فأنا أعلم أن لها ذكاء ثاقب ونظرة مستقبلية واعية وسافرت إلى هالة وجلست عندها أسبوعين ووجدت منها قبولا للفكرة لم لا وقد أصبحت في الثامنة والعشرين ماذا سأنتظر. حتى أصبح عجوزاً شمطاء ؟ كانت هذه فكرة هالة أما الشيخ حسن فقد طلب مني أن أتوضأ وأصلي صلاة الاستخارة وما أن فعلت ووضعت جنبي على الفراش حتى وجدت نفسي في غرفتي في منزل والدي رحمه الله والغرفة غير مرتبة وظهر ذو الفقار وأخذ يرتب معي الغرفة ووضع بها عدداً من الأشجار لا أدري أي نوع من الأشجار ولكنني كنت مستريحة جداً ولمحت شجرة في نهاية صف الأشجار شجرة مثل الياسمين .

وفي الصباح حكيت للشيخ حسن ما رأيت ولكنني نسيت إخباره بأمر شجرة الياسمين فطلب مني أن أتوكل على الله وأقبل به زوجاً مع إقناعه بضرورة إخبار والديه ففي النهاية لا يصح إلا الصحيح .

عدت إلى مصر بعد أن رافقت شقيقتي إلى رحلة العمرة ولكنني وجدت خالتي في حالة سيئة جدا كانت مريضة وتمر بحالة نفسية شديدة السوء رفضت خالتي إخباري بما تعاني ولكن نجوى أخبرتني بكل شيء في خجل وذل فزوج خالتي

كبير البلد الذي نيف على الستين غارق لأذنيه في حب مراهقة صغيرة وعجبت من غضب خالتي كل هذا الغضب فقد كانت تقوم ليلا وهي ترتعد ونحضر لها الأطباء لنعلم ما سبب النار التي تهب في صدرها ليلاً ولكن لاشيء يجدي نفعاً، وحتى طريق الدجالين جلبنا لها أشهر الدجالين من كل حدب وصوب ولكنهم لم يفعلوا لها شيئاً وزوجها ينكر أي علاقة له بالفتاة اليتيمة التي يعطف عليها ليتمها ولكن خالتي لم تقتنع وأرسلتني خالتي لوالدة الفتاة حتى أخبرها حتى تلم ابنتها ولكنها واجهتني ببجاحة وأسلوب حقير ولم يجد أحمد بداً من حمل السلاح والذهاب إليها هي وابنتها واقتحم عليهم المنزل وهدد المرأة التي ارتعدت وباعت منزلها وأخذت ابنتها وذهبت إلى إحدى المدن البعيدة بعد الفضيحة التي صنعها أحمد .

استراحت خالتي عندما لاحظت على زوجها الشرود والضياع فقد رفضته والدة الفتاة زوجاً لابنتها ليس لأنها محترمة ولكن لأنها تخشى بطش خالتي وأحمد وعلى الرغم من أن خالتي لم ترد أن تذل زوجها أمامنا إلا أنها تركت له الغرفة وأقامت في غرفة أخرى فهي أبداً لن تنسى ما فعل بها .

وكان الوقت غير مناسب تماماً للحديث عن الزواج وكان متلهفاً جداً متعجلاً وأنا أؤجل تارة وأصبره تارة إلى أن استقرت الحالة وفجأة وجدته أمامي في منزل خالتي فقد جاء ليضع النقاط فوق الحروف ويضعني أمام الأمر الواقع وجلس مع خالتي وزوجها جلسة طويلة ووافق على طلباتهما الثقيلة وأهمها ألا يطلب مني السفر للعراق أبداً كما طلبت منه شبكة فخمة باهظة الثمن ولم يرفض ووافق على كل الطلبات المجحفة وأنا أكاد أتميز من الغضب إذ كان يجب عليهم ألا يعطوه كلمة سوى بعد موافقتي الصريحة حتى لا نبدو

متعجلين ومتلهفين ونادتني خالتي لأقدم الشربات وحددوا موعد عقد القران وأنا لا أدري ما يحدث من حولي فقد كنت كالمغيبة كنت أوافق ولكنني لا أريد أن أبدي موافقتي وكأن كل شيء كان رغما عني .

كنت سعيدة ولكنني لست مقتنعة هو لم يضايقني أبداً فقد كان كريماً عطوفاً إلا أن عيباً واحداً كان يذبحني كان يغار علي بجنون لدرجة أنه أخذ مني كلمة المرور الخاصة ببريدي الالكتروني ليستطيع معرفة من أصادق.

كانت غيرته الجنونية سبب أول صدام بيننا حادث بعض أصدقائي وأخبرهم بأنه خطيبي فجاملوه قائلين بأنني إنسانة رقيقة وطيبة ورائعة وكأن الروعة والطيبة أصبحتا فجأة عاراً على من يتصف بهما فثار علي واتهمني باصطناع الرقة مع أصدقائي وطلب مني قواعد معينة لأستطيع تكوين صداقات على النت وغضبت وثرت أمام ثورته وتركت القاهرة وعدت إلى القرية وحكيت لخالتي ما حدث وغضبت خالتي ولكن مني أنا إذ أنني الآن مخطوبة وخطيبي شديد الغيرة يغار علي من أحمد ومن زوج خالتي وأحياناً من نجوى ويجب علي احترام رجولته وطبعه الحار وعدم استثارة غيرته بأي ثمن كان حتى وإن كان الثمن هو انقطاعي عن نافذتي الوحيدة على العالم .

أرغمتني خالتي على الاتصال به والاعتذار له ولم يقبل اعتذاري ليس لأنه ناقم علي.... لا ..... بل لأن الأسف والاعتذار لا مكان لهما بين الأحبة فعلاقتنا أقوى من أن تمس وأنا بالنسبة له أغلى من أن أقف في موقف المعتذر الذليل.

رومانسيته وحبه الذي يغمرني يشعرني بالذنب عندما أغضبه. في البداية كنت أتعجب من حبه الشديد لي واعتبره مبالغاً فيه إلى أن بدأت أشعر نفس شعوره كنت أود أن أراه في كل الأوقات في كل لحظة كل ثانية وكان يشعرني بالحب

والحنان والطيبة والكرم. كنا لا نلتقي كثيراً ولا ننفرد ببضعنا أبداً بسبب أوامر خالتي المشددة بعدم لقائه فقد طلبت مني أن أترك القاهرة وطلبت نجوى إجازة من عملها لأن خالتي لم تسمح لها بالجلوس في القاهرة بدوني فقد كنت أحرسها وكانت تحرسني أما الآن فكانت كمن يحرس الذئب على الغنم .

في البداية لم أكترث للأمر ولكن فيما بعد ضقت ذرعاً بالحصار الرهيب المضروب حولي . لقد خطبت أكثر من ثلاثة أشهر ولم أجلس مع خطيبي مرة واحدة كان يزورني في القرية زيارات خاطفة لا تتجاوز الساعتين ويعود إلى القاهرة. كلما جاء كان يلح على تحديد موعد الزفاف ولكنني كنت أماطله لا أدري لم . كنت أود أن نظل مخطوبين لأطول فترة ممكنة وربما للأبد مجرد فكرة الزواج كانت تزعجني . لا أدري لم كنت أسوف وأسوف حتى تعبت من التسويف ونفذت الحجج جميعها ولم أجد ما ألهيه به سوى تحديد موعد عقد القران فلربما يسهو قليلاً وتم عقد القران بوجود اثنين من أعمامه وبمباركة عمته السيدة سناء .

كنت أشعر بأن شيئاً ما ناقص لا يكتمل أبداً . لا تكتمل فرحتي أبداً لا أدري لم أشعر بفرح ولكنه غير مكتمل وخشيت أن أخبره بإحساسي فيثور ويغضب وينعتني بعدم ولائي التام له وأنني لا أحبه كما يحبني . كان يشعرني دائما أنه يحبني أكثر بكثير من حبي له . كان يجيد التعبير عن مشاعره بينما أنا لا استطيع التعبير عن مشاعري بطريقة شفوية .

كانت إحدى حجج تأجيل الزفاف هو سفر خالتي لأداء فريضة الحج ووجدتها فرصة جيدة لأتحرر قليلاً وأدعو ذا الفقار ليزورني أو أذهب إلى القاهرة وألتقي به في النادي مثلاً فقد كان يطالبني دائماً بلقاء منفرد نتحدث فيه على سجيتنا ولكنني كنت أرفض ليس لأنني مؤدبة ولكن لأنني

أخشى بطش خالتي من جهة وأخشى أيضاً أن تتغير نظرته لي خاصة وأنه شديد الغيرة .

أحد الأيام كنت أجلس في الحديقة أقرأ إحدى روايات "إحسان عبد القدوس " الذي أعشق أسلوبه السلس المعبر وسمعت صوت إحدى السيارات تتوقف أمام البيت ونزلت بدوية لتفتح البوابة وترى من القادم الذي لم يكن سوى " ذو الفقار " كانت صدمة لي فهو لم يخبرني أنه قادم وقمت لأسلم عليه وأستقبله وكدت أسأله عن سر زيارته لي ولكنه أخبرني أنه يحاول الاتصال بي منذ يومين ولا يستطيع لعطل في القمر الصناعي تسبب في توقف خدمة الشركة التي ينتمي لها هاتفه المحمول واتبعها بقوله " شايفة اشلون افترقنا بس الحمد لله، القمر فرقنا مو القدر " هالتني هذه الجملة فلسحر الكلام قوة غير عادية وهو يمتلك القدرة على ابتداع الأساليب المبهرة كأنه شاعر أو كاتب يضع سحره في كلامه المنطوق وليس المكتوب .

تذكرت أول مكالمة له بعد خطوبتنا سألني إن كنت قد جربت الحب من قبل فأجبته في كبرياء زائف:ـ " أنا محصنة ضد الحب . قلعة منيعة مستحيل حد يقدر يحتلها مهما كانت درجة فروسيته "

لم يغضب ولكنه ضحك ضحكة رائقة وقال في تحد :ـ بلى انت قلعة بس آني عندي حصان طروادة إلا احتل قلبك صبراً آل ياسر .

رده أفحمني فلقد أردت أن أحسسه بأنني لا أهتم لأمره أو أحبه وأنا في الحقيقة كنت في أقصى درجات السعادة لأنه تقدم لي واختارني وفضلني على كل معارفه. ظل ورائي إلى أن غرقت لآذاني في حبه ولكنني مازلت أكابر ربما لأنني أخشى إن وثق في حبي أن تخمد نار لهفته علي وتنعدم الجاذبية فيما بيننا .

لاحظ شرودي فصمت إلى أن انتبهت فقال باسماً :ــ بشنو دا تفكرين........ بي ......مو؟ لا تخافين آني يمج .

ابتسمت رغماً عني وتظاهرت بالخجل فقال معقباً :ــ شنو ؟ اشتاقيتي؟ لم أرد فكرر سؤاله :ــ اشتاقيتي لو لا ؟ لو الجواب لا أروح "

خشيت من تهديده فقلت في همس :ــ لا ما تمشيش اشتقت لك .

قال في محاولة لجعلي أؤكد ما قلت :ــ ما أصدق اشتاقيتي؟ انتي دا تكذبين علي مو لو مو مو؟ .

ــ لا والله ما بكدب .

أمسك بيدي وقبلها في رومانسية ولا أدري لم شعرت بتيار كهربائي عالي الفولت يصعق خلايا دمي لدرجة جعلت أسناني تصطك ببعضها فحاولت سحب يدي من يديه فخانتني وأبت إلا أن تحتضن شفتيه .

كانت أول مرة يتجاوز حدود الحديث الودي معي، أول مرة أعلم أن أمامي رجل كامل يرغب في أن أكون نصفه الثاني. كنت أظن أن أسمى درجات المتعة الرومانسية هو الحديث الحاني الودود ، اكتشفت أن لمسة واحدة تساوي آلاف الأحاديث .

كانت لحظات لكنني كنت أعتقد أنها امتدت لسنوات وجاءت بدوية من بعيد لتفسد علينا اللحظة سحبت يدي بعد لأي بينما أشعل هو سيجاره في توتر ظاهر.

كانت بدوية تود أن تسألني عن نوعية الطعام الذي سنتناوله على الغداء وما أثار عجبي فعلا أنني عرضت عليه البط فسألني في فزع :ــ شنو ؟ بط ؟ ليش البط ينكل؟؟

شعرت أنني سأعاني معه فلم يتذوق لدينا طعام إلا واستغربه ولكنه كان يفوضني في اختيار نوعية الطعام دائماً فطلبت من بدوية إعداد وليمة فخمة إكراماً لزوجي المقبل.

في محاولة للتغيير طلبت منه التجول بالحديقة الواسعة التي تحيط ببيت عمي المرحوم والذي آلت إلي ملكيته بعد وفاته .كنا في الشتاء وأشجار اللارنج والبرتقال واليوسفي محمله بالثمار زاهية اللون والحديقة في حالة رائعة فقد كنت أهتم بها وزرعت بها أنواع من الورود الرائعة. كنا كأننا في الجنة ، كان مبهورا بالمشهد سعيداً بالروائح الزكية ووسط الأزهار جلسنا لنتحاور بعيداً عن العيون المتلصصة فلا أحد معنا فبدوية وابنتها انشغلتا في تجهيز الطعام ونجوى ذهبت إلى القاهرة لأن مدير الشركة يود مناقشة بعض الأمور المتعلقة بالعمل أما أحمد فقد ذهب إلى الإسكندرية ليحضر مباراة الأهلي والزمالك بإستاد الإسكندرية الرياضي . كانت فرصة رائعة ومثالية لذا كان حديثه ناعما كنعومة أوراق الورد ، ملامح وجهه بريئة ، رائحته تتغلب على رائحة الأزهار المجاورة كل شيء فيه مميز محبب ظل يحادثني إلى أن شعرت بعيني تغمضان وشفتي تعانق شفتيه في تناغم واشتياق وبالرغم من أنني شعرت بثورته كبركان ثائر إلا أنه لم يتجاوز الخطوط الحمراء الفاصلة وكدت أنساق وراء مشاعري التي لم يسبق لها وأن اختبرت مثل هذا الاختبار ولكنني تذكرت غيرته الشديدة فدفعته عن صدري في رفق فسألني في ثورة :ـ شبيج مهرة ؟ شبيج عيني؟

قلت في أشد حالات الرغبة في الحماية :ـ ذو الفقار عيب كده . يا سيدي لما أبقا مراتك وفي بيتك إبقا اعمل اللي أنت عايزه .

قال في هدوء لا يتناسب مع مقدار الكلام الثائر الذي نطق به : ـ انتي مرتي غصبن عنك !

ـ لا يا عمي أنا لسه مش مراتك. لما أبقا في بيتك بس أبقا مراتك .

تأفف بطريقة مثيرة وقال :ـ أوكي . ما يخالف هسه

انروح على بيتنا ولا يهمج يله.

صعقت وقلت له وقد ضربتني صاعقة بقسوة على رأسي فخدرت عقلي تماما :ـ انت مستعجل قوي كده ليه لما نتجوز ها نروح البيت هانروح دلوقتي نعمل أيه؟

تأفف بنفس الطريقة مرة ثانية وقال في نفاد صبر :ـ وتاليها وياج مهرة ؟حددي هسه موعد الزواج أنا احتاجك حرام تعامليني هيجي .أنا زوجك ووحيد وأريدج تآنسيني وأنام على صوتك إلى أحلى من صوت البلابل وتغريد الطيور . أنا جيت على مود تنطيني موعد للزواج وهسه .

لم أجد حجة مقنعة وأخذت أبحث عن حجة أو ذريعة أتذرع بها فلم أجد لا أدري لم أخشى من الزواج ألأنني تعودت الحياة وحدي أم لأنني سأعيش مع شخص جديد لم أتعود عليه . أتذكر أحد الأيام تشاجرت معه وقررت أن أتركه وخلعت الشبكة وسلمتها لخالتي التي ذعرت وصبت علي من اللعنات مالا لو صب على جبل لتركه دكاء . تغيرت كثيرا بعد أن أصبحت مهرة لا أدري لماذا أصبحت واثقة من نفسي حازمة لم أعد أهتم بأحد سوى بنفسي فقط لماذا لا أدري . كانت تفيده تساعد الجميع وتقف بجوار الجميع أما مهرة فهي مغرورة أنانية ولكني أفضل مهرة على كل حال. لم تكن فجعة خالتي ما ثنتني عن عزمي عندما رغبت في فسخ الخطوبة. كانت الحقيقة أنني لم أستطع أن أتخذ هذا القرار إنه قرار مجنون إنني أذوب بحبه أحب مطربه المفضل "هيثم يوسف " أحب اسمه أحب اسم عشيرته أحب نوع سيارته أحب اسم الشركة التي يديرها أحب حتى نوع كريم الحلاقة الذي يستعمله أحب حتى نوع البنزين الذي يضعه في سيارته

أفقت على صوت بدوية التي أعدت أشهى أنواع الطعام

76

ونادتنا لنتناول الغداء وبعد الغداء جلسنا في غرفة الجلوس نتجاذب أطراف الحديث كنت أحاول أن أنأى به عن لحظات الضعف التي أخشاها ولكنني فشلت فقد كان مصمما على نيل بعض الامتيازات بعد كل هذا الانتظار. كنت أخشاه أخشى ثورته واندفاعه ، أخشى أن أنسى نفسي وأعطي شكه فرصه لكي يتغلب على حبه لي ، غضب مني لأنني أقاومه وفي النهاية استسلم للأمر الواقع وهددني بأنها ستكون آخر مرة يزورني فيها وأن المرة القادمة ستكون ليلة زفافنا وأنني أنا من سأذهب إليه .

ودعته وعندما غادر تنفست الصعداء وبعد أن وصل أتصل بي ليطمئنني . كان يوما صعباً فما أن تركني ليعود إلى عمله حتى شعرت بالوحدة والسأم والضجر كدت ألحق به في القاهرة وأذهب إلى بيته وارتمي بين ذراعيه. شعرت بشوق عاصف إليه بإحساس قوي يسيطر علي.

وظللت أتعذب إلى أن جاءت نجوى وأخذت تحكي لي عن قصتها مع أحد زملاء العمل إن هناك بداية لقصة حب وليدة تظهر في الأفق وشعرت لأول مرة بكل كلمة تنطقها وتفاعلت معها لدرجة أن شعرت بعيني تدمعان من شدة التأثر إن الحب يجعل العاشق شديد الحساسية .

مرت الأيام وجاءت خالتي من الحج كانت سعيدة مطمئنة ولكنها بعد لم تغفر لزوجها زلته وأخبرتها بأنني حددت موعد الزفاف فغضبت في البداية لأنني لم أستشيرها ولكنها لم تشأ أن تحزنني وبدأت في الإعداد لحفل الزفاف وتجمعت لدينا نساء العائلة ليقمن بإعداد الكعك فلابد للعروس من إعداد كميات هائلة من الكعك والبسكويت والغريبة والبتي فور لتوزعها على الأقارب والضيوف .

كان جحيماً لا يطاق بالنسبة لي فبدلا من أن أستريح وأشعر بالاسترخاء نغصت على الضوضاء حياتي. إنها عادة

تدل على التلاحم والترابط بين الناس ولكنها أيضاً تعب وإزعاج ، إذا دخلت لأنام قليلا فوجئت بالزغاريد تنطلق إذا اتصل "ذو الفقار " لا أجد مكاناً هادئاً لأحادثه ، تعبت أعصابي ولا أدري أهي من الضوضاء أم من خوفي من الحياة الجديدة التي أقبل عليها .

يوم الحنة أمرت خالتي بذبح ذبيحة كبيرة وإعداد وليمة غداء كبيرة . كانت تريد أن تفرحني فأنا يتيمة ولم أفرح من قبل كانت مظاهر السعادة حولي ولكنني أشعر بشيء مخالف لا أدري طبيعة هذا الشيء سعادة ربما حيرة ربما خوف لأنني لم أتعودها نعم الحقيقة أنني تعودت فقط على الحزن والألم وخشيت من السعادة واعتبرتها شيئاً غريباً عني وخفت أن تكون بداية لآلام أخرى جديدة لا أتحملها .

يوم الزفاف صباحاً انتقلنا إلى القاهرة وظللت طوال اليوم في مركز التجميل وفي المساء بعد ما تزينت أتى "ذو الفقار " ليأخذني . كنت خجلة ولكنني كنت سعيدة بنظرة الانبهار في عينيه وأخذني إلى الفندق لنحتفل ومر الحفل بسرعة وانتقلت إلى شقته وحبست أنفاسي فأنا لم أدخلها من قبل كانت واسعة فخمة مؤثثة بذوق راق على الطراز الخليجي كل ركن فيها له عطر ورونق خاص به الستائر والأرضيات تذكرني بالمسلسلات الخليجية حقيقة تفوق بكثير ما كنت أحلم به . الشجر الصناعي يملأ المكان ويعطيها إحساساً بالحياة حوض أسماك ضخم يغطي جدارا بكامله فيشعرك بأنك في أعمق أعماق البحار ، أثاث أوروبي فخم مريح شاشة التليفزيون داخل الحائط مدفأة صغيرة ولكنها تضفي على المكان سحراً .

كنت منبهرة بما أراه ونسيت ذو الفقار تماماً لم أتذكره سوى عندما رأيت صورة له موضوعة داخل إطار مذهب كان

واقفاً في نهر وبجواره صديقين . وقتها فقط التفت إليه لأسأله عن مكان الصورة فرد علي باقتضاب أنها في نهر دجلة.

وجدت أنه من غير اللائق أن أهمله ليلة زفافنا فجلست على المقعد المقابل له ولكنه كان صامتا لا يتكلم وآثرت الصمت أنا الأخرى فقال كأنه يعاتبني:ـ دا اتحبين أشوفك باقي الشقة ؟

رددت في خجل " لا خلاص أنا شفتها " ابتسم في شقاوة قائلا :ـ هسه أشوفك أوضة النوم.

أخذني من يدي كطفلة ذاهبة المدرسة لأول مرة كانت الرهبة ترعبني ولكن حنانه ورقته تغلبت على فزعي وخوفي.

بدأنا حياتنا الفعلية كان كل منا يتفانى في إسعاد الآخر ويفعل كل ما بوسعه لجعله يشعر بالحب والسعادة.

بعد عدة أيام دق جرس الباب وحضر شخص ما ولكنه لم يمكث سوى وقت يسير وجاءني ذو الفقار ممسكا بمظروف وسألته عن محتوى المظروف فاتسعت ابتسامته وقال في شموخ "توسلي مني " توسلت إليه فلم يكتف " توسلي مني بعد أكثر "

رددت في غضب مصطنع :ـ يا سلام ليه يعني خلاص مش ها توسل ها يبقا فيه أيه يعني؟

قال وقد اتسعت ابتسامته أكثر :ـ مفاجأة تجنن .

ـ طيب قوللي هي أيه . بليز ذوذو .

قال مباغتاً :ـ انتي دا اتحبيني؟

ـ أووووووووووو أموت فيك .

ـ اشتاقيتي لي مو؟

قلت وأنا أمازحه :ـ طبعا يا حبيبي على الرغم من إنك ما غبتش عني ولو خمس دقايق !

قال في فزع :ـ شنو ؟ ما اشتاقيتي؟

ـ لا لا لا لا لا اشتقت لك قول بقا .

ـ أوكي أريدك ترضين لي غروري .

ـ أووووووف انت بقيت مغرور قوي !

ـ يا عمي حقي إذا هيجي بنت حلوة تتوسل مني .

كانت المفاجأة عبارة عن تذكرتي سفر للندن فقد قرر زوجي أن نقضي أسبوعين في لندن كانت أكثر من مفاجأة كان حلما رائعاً وحزمت حقائب السفر وذهبت إلى حلم حياتي لندن .

أتذكر عندما ذهبت لمدينة الإسكندرية بصحبة نجوى وأحمد وكيف انبهرت بالشوارع الواسعة النظيفة والبشر المتحضرين وكنت أشعر بالغربة ولكن هذه المرة لا أشعر بالغربة كان زوجي الرائع معي يرافقني في كل خطوة كان كريما بل شديد الإسراف كان إذا خرج بمفرده قليلا لا يرجع إلا ومعه هدية ليعوضني بها عن تركه لي أحد المرات أحضر لي جاكيت من الفرو الطبيعي باهظ الثمن عندما رأيته أصبت بالانبهار فهذه هي المرة الأولى التي أرى فيها معطف من الفرو وجهاً لوجه فلم أره من قبل سوى في المسلسلات والأفلام وأخذت أشكره بحرارة وأشكر حبه لي وإغداقه علي بالهدايا فابتسم ابتسامة شقية وأخبرني أنه مصلاوي وأن أهل الموصل يوصفون بالبخل الشديد وأنه بهذا يكون عارا على أبناء مدينته ولم أصدق ولكنه أخبرني عدة نكات لا أتذكر منها سوي اثنتين سأذكرهما " مرة مصلاوي مات لقى رب العالمين مجهز له بيتين بالجنة قام باع واحد وأجر واحد وراح قعد عند ابن عمه بجهنم "

الثانية " فد مصلاوي راد يصبغ بيته قام صبغ غرفة وكتب على باقي الغرف كذلك كذلك "

قادنا الحديث عن صفات أهل المدن العراقية فقال :ـ

شوفي مهرة أهل الموصل يوصفون بالبخل الشديد وأهل بغداد

80

بالإسراف الشديد أهل الرمادي يتصفون بالمبالغة في استخدام القوة ويوصفون بالكرم الجارف.

قاطعته سائلة :ـ طيب وأهل أربيل ؟

ضحك قائلاً :ـ تموتين بالأكراد أعرف . الأكراد مثل الصعايدة بمصر بس عموما يوصفون بحسن النية أقولك نكتة عليهم ؟

ـ قول.

ـ خللي أتذكر ... أوكي واحد كردي مات نزل عليه 62 ملك ليش؟ اتنين يحاسبونه وستين ايفهموه انه مات .

له أسلوب ساحر في الحكي كان إذا تحدث أنصت إليه بلا مقاطعة إذا أكمل نطق كلمة أتشوق لكلمته القادمة ولتأثيرها في . حديثه دائماً مشوق يشعرني صوته بالطمأنينة والحب كانت الأيام معه تمر كأنها طرفة عين.

عدنا إلى مصر وصممت أن نقضي بقية أيام شهر العسل في قريتي بعيداً عن زحام القاهرة .عرض في البداية أن نظل في القاهرة فهو يريد أن يبقى بجانب عمله الذي أهمله في الأسابيع الفائتة ولكنه تراجع عندما عضضت على شفتي في حزن ووافق على طلبي وذهبنا إلى القرية لننعم بالهدوء ولكن زيارات الأقارب التي لا تنتهي كانت تقطع إحساسنا بالهدوء ولكننا في الليل كنا نجلس في الحديقة وسط الأزهار لنسترجع ماضينا معا . كان هو محور حياتي الذي أدور حوله كنت أعتبره أبي وأمي وكل حياتي كل كلمة تخرج من شفتيه كأنها أمر عسكري أنفذها بدون أن أفكر حتى على الرغم من عنادي الشديد إلا أن العناد ضاع وأذابته المشاعر الطيبة التي أحملها له . خلت أنه إذا طلب مني قلبي سأقتلعه من صدري وأجعله قربانا تحت قدميه ... يا للحب! إنه عجيب لم أشعر بهذا الشعور من قبل لم يكن هناك من يحتل قلبي وجسدي ويملأ حياتي بمثل هذه الدرجة .

كلماته جعلتني كالأمة ورضيت أن أتخلص من حريتي التي أضاع محرري المرأة حياتهم بسببها لا أريد تلك الحرية فسيطرته علي تمنحني متعة وسعادة تساوي أغلى الحريات إذا كانت الحرية تفدى بالدماء فإنني أفدي عبوديتي له بقلبي وعقلي لم أعد أفتقد حنان أمي ولم أعد أتذكر أبي إنني أتذكره هو فقط . لم أر من قبل أسلوباً يضاهي أسلوبه الراقي الحاني لم أضع رأسي ليلة على الوسادة وأنا غاضبة منه كنا إذا اختلفنا نتحاور إذا تمسكت برأيي كالعادة وتمسك برأيه هو الآخر نظرت إلى الأرض في انكسار وأنا أمثل الحزن والألم وعلى الفور يجلس بجانبي و يأخذ يدي بين يديه ويقبلها في حنان فأنسى ما حدث وعلى الرغم من أنه ينفذ ما قرره وتمسك به إلا أنني لا أشعر بأنني خدعت بل أشعر بأنه الرجل الخارق الذي يستطيع أن يحتوي زوجته وشريكة روحه ويكون من قوة الشخصية بحيث ينفذ رأيه بدون أن يشعر الطرف الثاني بالقهر .

كان السبب الوحيد والأساسي لخلافاتنا هو الغيرة أحد المرات وبعد أن انهينا ندوة أدبية وأثناء مناقشتي مع إحدى القارئات جاءني أحد النقاد ليسلم علي ويهنئني على مستوى الرواية وصافحني الرجل بكل ود وتحدث معي قليلا عن الأشياء التي يجب أن أراعيها في روايتي القادمة كنت سعيدة لأن هذا الناقد بالذات أشاد بروايتي فهو من المعروفين بعدم الاعتراف سوى بالمواهب القوية وأثناء عودتنا إلى البيت أخذت أحكي لزوجي عن كل كلمة قالها لي ولكنه كان ساهماً غاضباً وعندما عدنا دخل مكتبه وظل لوقت متأخر لم يخرج منه فرحت لأتفقده وسألته عن سبب جلوسه بمفرده فلم يرد علي فأدركت على الفور أنني ارتكبت جريمة شنعاء فجلست أمامه على المكتب وأخذت أداعب خصلات شعره فاحمة السواد وقلت في رقة:ـ " مالك يا ذوذو ؟ " نظر إلى في حنق

ولم يرد كررت عليه السؤال فقال في هدوء :ـ مع الأسف مهرة ما جان أظن إنك تسوين بي هيجي .

ـ يا خبر ! أيه اللي حصل ؟ عملت أيه زعلك؟

ـ انتي دا تعرفين شسويتي يا سيدة عمري الفاضلة .
ـ أرجوك قوللي حصل أيه؟
قال في ثورة عارمة :ـ كيف تاخذين بايد الراجل وتسلمين عليه وتخلي إيدك بإيده كل هيج وقت ليش اتريدين تثيرين جنوني ؟
قلت وقد ذهلت من تفاهة السبب :ـ ذوذو دي مسألة عادية يا حبيبي دا واحد مد إيده عشان أسلم عليه أقوله لا آسفة جوزي بيغير؟
لم يرد علي وصمت بينما تطاير الشرر من عينيه فقلت ملاطفة :ـ ياللا قوم غير هدومك عشان تنام وترتاح .
قال ساخراً :ـ أرتاح؟ لعد بعد اللي سويتيه كيف أرتاح مهرة؟
ـ ذوذو من فضلك ما تكلمنيش بالطريقة دي بعدين بطل تتحجج .
ـ شنو؟ أتحجج ؟ أنا؟
كان ثائراً لهذا السبب حاولت أن أمتص غضبه إلا أنه صرخ في قائلاً :ـ إذا تظنين إني قليل غيرة تبقي غلطانة انا رجل حر مو حقير حتى تاخذين بإيد الرجل المرة التانية يظمك بين إيديه وانتي راضية .
ثرت في غضب " لا بقا ماتزيدش عن حدك . كله إلا الكرامة وطالما إني أنا إنسانة مش محترمة ومش قادرة أحافظ على عليك ولا على بيتك يبقا خلاص .
ـ شنو خلاص ؟
قلت مهددة :ـ أنا هاسيب لك البيت وأمشي ولما أتربى ،احترم نفسي هابقا أرجع لك .
ـ شنو؟ تريدين تتركيني مهرة؟
ـ انت السبب . انت اللي كل يوم عامل مشكلة تافهة وبتدور على أي سبب نتخانق عشانه أنا راجعة البلد .

قال والشرر مازال يتطاير من عينيه :ـ لا خليك أنا بترك البيت ولا يهمك بترك العالم كله على مودك !

تركني وخرج في لحظة وظللت أنا أضرب أخماساً في أسداس وأكل القلق قلبي فهو لم يتأخر عن البيت أبداً من قبل وساورني شعور بالخوف وقررت البحث عنه فأنا لن أتحمل أن أضع جنبي على فراشه وقد أغضبته .

ارتديت ملابسي في سرعة وكنا في منتصف الليل فأخذت تاكسياً وذهبت إلى دار النشر مقر عمله ولكنني لم أجد أحداً شعرت بالخوف فاتصلت به لأسأله عن مكانه فلم يرد علي أحد فاتصلت بأحد مساعديه الذي اتصل بي فيما بعد وأخبرني بأنه في أحد الفنادق فذهبت إلى جناحه بالفندق وقد تملكني الغضب وما زاد من غضبي أنني وجدت باب الجناح مفتوحاً ووجدته ممدداً على الفراش وقد احتسى زجاجة كاملة من الخمر وهو من وعدني أنه لن يقربها طالما تزوجني وكانت أول مرة أراه ثملا لدرجة أنه لم يعرفني وبسرعة جلبت له فنجان قهوة وجعلته يرتشفه وبعد مده أفاق قليلا وأخذ يعتذر لي عما حدث فاعتذرت له أنا الأخرى وطلبت تاكسياً ليوصلنا إلى البيت فهو لن يقود وهو بهذه الحالة أبداً عندما وصلنا إلى البيت كان قد أفاق أخذ يكرر اعتذاره لي وقال وقد آلمه ما حدث :ـ انت قريبة مني ولما تكوني قريبة مني أحسك قطعة مني ولما قطعة مني يمكن أغلط لما أقولك إني أحس انك ملكي وحدي وبس ودا غلط بس غصب عني والله مهرة وسامحيني على دا بس كل دا لأني أخاف عليج ودا ما له أي علاقة بالثقة والله أبدا لا والله أنا أثق بيك جداااااااا.

لم أعقب ولم أرد فأنا أعلم أن غيرته هي الشيء الوحيد الذي لا يستطيع التحكم به ساعدته في تبديل ملابسه وغطيته وظللت جالسة بجواره إلى أن نام وبعد أن رحت في النوم قمت على صوت صرخة كان... هو أصيب بنوبة من المغص

المراري نتيجة لتناوله الخمر وفي لحظات كنت قد اتصلت بإحدى المستشفيات الخاصة ونقلته وهناك قرر الأطباء استئصال الحويصلة المرارية التي تسبب له كل هذه الآلام وشعرت لأول مرة منذ تعرفت عليه بالخوف خشيت من أن أفقده ساورني إحساس قوي أنني سأفقده وملأ الرعب قلبي وأكد لي الطبيب أنها عملية بسيطة لا تستحق كل هذا الهلع الذي ظهر علي لأن احتمالات نجاحها عالية جدا ولكنني كنت وجلة مرتعبة وشعرت بالذنب لقد كنت من تسبب في حدوث كل هذا أنا من تسببت في عودته للخمر بعد إقلاعه عنها بسبب طيشي وعدم مراعاتي لإحساسه .

كان الأطباء يجرون له الجراحة وأنا في الردهة أبكي في انهيار وأتذكر مواقفه النبيلة معي مواقفه المحبة . خشيت على نفسي الجنون للحظات وأخذت أقنع نفسي إنها عملية بسيطة وخلال وقت يسير سيفيق ويسير ويخرج ويمارس حياته بصورة طبيعية. كنت أموت وأنا أتصور إمكانية فقدانه كان عقلي يسترجع كل لحظة معه كل كلمة كل همسة إلى الآن لا أتصور كيف تذكرت كل هذه الأحداث فأنا ذات ذاكرة مجهدة ضعيفة لا أتذكر سوى الأحداث شديدة التأثير كان هو دائما ما يقول لي أثناء خطبتنا أنه يخشى أن نتزوج ويعود هو إلى البيت ليلاً فأقتله لاعتقادي بأنه لص أو مغتصب فسوف أنسى حتما أنه زوجي لضعف ذاكرتي الشديدة كنت استمع لتعليقه هذا فابتسم ولا أرد ولم أقل له أبداً أنه الشيء الوحيد المؤثر بحياتي التي لا تجرؤ ذاكرتي حتى على محاولة نسيانه ، إن ما بيننا شيء أعظم من الحب ، أعظم من كل إحساس أعظم من كل شيء ، شيء ما يجمع بيننا يجعلنا نتفق على كل شيء بدون أن يطلب أحدنا شيئاً يجد ما يطلبه وبدون أن أفكر في الشيء أجده أمامي .شيء يجعلنا نشعر أننا روح واحدة وحتى جسد واحد كان يوفر لي كل ما يسعدني كل المتع

الحسية والمعنوية الاهتمام الزائد الحنو الشفقة الرومانسية المفرطة الحماية كان يحميني حتى من نفسي .

أحدى المرات كنت أضع زينتي أمام المرآة في انتظاره فدخل ممسكا بباقة من الورود الحمراء واختار ورده و أخذ يضرب بها على خدي في رفق وسألته عن سر هذا التصرف الغريب فقال في رقة " اللي مثلك لازم ينضرب بالورد تعرفين شنو معنى إنه رجل يضرب بنت بالورد معناها إنه ايحبها وايموت بيها و أنا أموت عليج مهرة "

سقطت الدموع من عيني وأنا أتذكر وهو يحملني على يديه كمن يحمل كنزاً ويضعني في الفراش... وفجأة ..... ناداني أحد الأطباء وأخبرني أن العملية تمت بنجاح فحمدت الله وعندما نقلوه إلى غرفته بالمستشفى فجلست بجواره أتذكر. كان يجب علي أن أقدر طبعه الحار لقد أخطأ فعلا بالحديث مع الناقد لقد امسك بيدي عدة دقائق وأخذ يسألني أسئلة كنت قد أجبت عنها في الندوة ولن أكرر ما فعلت ثانية.

في اليوم التالي كان قد أفاق من المخدر ولكنه كان يتألم ويتأوه وكأنما كانت تأوهاته رصاصاً يخترق صدري وبعد عدة أيام عدنا إلى بيتنا كان قد تحسن وكان يدير عمله من خلال التليفون أو الانترنت كان على اتصال بمساعديه طوال اليوم .

كنت أشعر كلما رأيته يعمل بأنني تزوجت رجلاً ذا عقل راجح شعلة نشاط أمنعه عن العمل فيجعلني أذهب إلى المطبخ لأطهو له طعامه وأعود لأجده وقد وضع اللاب توب أمامه وأخذ يعمل بنشاط وإذا ما أجبرته على تركه يتوجع ويتألم ثانية .

مرت الأيام وتماثل للشفاء وبدأ في مزاولة عمله بطريقة طبيعية وكان مشغولا لدرجة أنني لم أكن أراه كان يخرج من الثامنة صباحاً ولا يعود سوى في منتصف الليل ليستريح قليلا

ولم أعترض فمهرجان فرانكفورت الدولي للكتب قد اقترب ولابد أن يعمل بكل جهده حتى يستفيد من هذا المهرجان .

في الليالي التي يعمل بها كنت أشعر بالوحدة ولكنني كنت أتحمل من أجل عينيه وطلب مني السفر معه لألمانيا ولكنني رفضت لم أرغب في أن أكون قيداً يكبل حريته.

أردت أن أجعله حراً ليعود إلى مشتاقاً وسافر إلى المعرض وبقيت أنا فلم أتحمل البقاء في القاهرة وحيدة وذهبت إلى قريتي كنت ضائعة على الرغم من اتصاله اليومي بي إلا أن الاتصال لم يكن يكفيني . كنت أريده أفتقد كلماته و قفشاته . نبرة صوته لم تفارقني لحظة واحدة كانت تصاحبني ليل نهار وعندما اتصل بي وأخبرني أنه سيأتي غداً طرت إلى القاهرة حتى أنظف البيت وأتزين له .

كنت أفتقده وقفت وراء الباب أنتظره وطال انتظاري وكان الوقت متأخراً واعتقد أنني غفوت على أحد المقاعد لأنني لم أسمع صوت دخوله فقط شعرت به وقد حملني على ذراعيه كالريشة ووضعني في فراشي وأخذ يهمس في أذني ففتحت عيني لأجده وقد ضمني إلى صدره في حب . كان الشوق يعصف بي فبكيت وأنا أحتضنه .

ووعدني أنه لن يسافر ويتركني بمفردي ثانية وأنه سيعوضني عن كل لحظة افترق فيها عني كان مندفعاً نحوي كالسيل قوي كالإعصار حار كالبركان متوتر كالزلزال كان في حالة اشتياق عاصف لي دائما ما كان يخبرني أنه يريد أن تختصر أجسادنا في جسد واحد كما تحولت روحانا إلى روح واحدة . كنت في حلم دائم إن اليقظة ليست بمثل هذه الروعة أبداً لابد أنني أحلم.

عاد هو إلى عمله أما أنا فأخذت أكمل رواية كنت أكتبها من قبل أن نتزوج كانت الكتابة متعسرة قبل الزواج كنت أكتب بكل سهولة ويسر أما الآن فأجهد للحصول على الفكرة

فالاستقرار العاطفي يصعب على المبدع اختراع المواقف المؤثرة.

بعد زواجي لم تعد الكتابة تعنيني كان كل ما يعنيني هو زوجي ومدى سعادته واستقراره معي لذا لم أعد أهتم كثيراً على الرغم من محاولاته الجادة لشحذي بالمشاعر حتى أستطيع الكتابة وعلى الرغم من أنني كنت أعيش قصة حب من النوع المحموم إلا أنني لم أستطع الكتابة بنفس مستوى الجودة التي كنت أكتب بها من قبل ولكنني لم أحزن كثيراً فلدي ما يعوضني عن موهبتي وكل شيء لدي زوج محب حنون يحترمني ويقدس مشاعري وإحساسي فشعرت لا إرادياً بأن الموهبة أصبحت لدي قد تراجعت إلى المرتبة الثانية وليست الأولى كما تعودت .

في صباح أحد الأيام كنت في شرفة شقتي أنظر إلى السماء الصافية وفجأة شعرت بالأرض تميد تحت قدمي. أمسكت بسور الشرفة في فزع خوفا من السقوط من الدور السابع كانت حالة من الدوار وزادها سوءاً الفزع والخوف الذي شعرت به. استقرت تحت أقدامي الأرض فاتصلت فوراً بنجوى التي تركت عملها على الفور وأتتني في سرعة عندما أخبرتها أنني مريضة .

ذهبنا إلى المستشفى وبعد أن فحصني الطبيب أخبرني أن انخفاض ضغط الدم كان سبب هذه الحالة وسألته نجوى عن سبب انخفاض ضغط الدم لدي فأخبرني أنها طبيعة النساء الحوامل في الشهور الأولى !

كانت صدمة مروعة لي فلم أتخيل في لحظة ما أن هذه هي أعراض الحمل لقد اتفقنا أنا وزوجي على تأجيل الإنجاب لحين أن تتحسن الظروف ويعلم أهله بزواجنا والآن إذا أخبرته سيظن أنني أضغط عليه ليخبر أهله. كنت في دوامة أخشى أن أخبره فيغضب ويثور وأخشى ألا أخبره فتظهر علي

علامات الحمل فيغضب أكثر لكتماني الأمر عليه. أشارت علي نجوى بضرورة مصارحته فليس هناك أفضل من المصارحة في مثل هذه المواقف.

في المساء عاد من العمل فجهزت له العشاء وجلست معه على المائدة ولكنني لم أستطع تناول لقمة واحدة ولاحظ هو عزوفي عن الأكل فقال في تعجب :ـ شكو خير ؟

قلت وأنا أدعو الله أن يفهم مغزى كلماتي :ـ والله يا ذوذو مش طايقة ريحة الأكل وكل ما أشوف أكل أتعب .

اقترب بكرسيه مني وطوقني في حنان قائلا :ـ ولا يهمك هسه أتصل بدكتور.

خشيت إن أخبرته أن يترك طعامه ويرفض تناوله فرددت :ـ رحت قالي إني كويسة بس شوية ضغطي نازل .

رد في سرعة :ـ يبووووووو ..... ضغطك نازل؟ أوكي ولا يهمك سوي شنينة ترفع لك الضغط .

قلت مقاطعة :ـ العفو أسوي أيه؟

ـ شنينة لبن ومي بارد وملح تسويهم عصير وتشربي هما .

زادت دهشتي فقلت في استغراب :ـ لبن وميه وملح؟ ويبقوا عصير؟

ـ إي بس مش حليب لبن .

صمت ولم أعقب وقمت لأعد له الشاي ولكنه طلب مني تأجيل الشاي وأمرني أن أذهب لأستريح دخلت إلى غرفة نومي وارتميت في فراشي وأنا أرتجف إنني في ورطة كبيرة لا أستطيع أن أخفي عليه ولا أستطيع إخباره.

أحضر طبقا من الكرز وجلس بجواري وأخذ رأسي على صدره في حنان قائلاً :ـ متغيرة علي مهرة شكو خير؟

قلت في سرعة :ـ لا يا ذوذو عمري ما أتغير عليك أبداً .

قال وهو يحتويني :ـ جديات؟ لعد ليش ما كلتي تره الأكل ماله طعم بلاياك .

ـ ولايهمك هاكل معاك كريز .

ـ جديات؟

ـ أيوه .

أخذ ثمرة من الكرز ووضعها في فمي ولكنني لم أستسيغها ولكنني ضغطت على نفسي لأجامله ووجدني آكل بصعوبة فأخذ ثمرة أخري ووضعها بين شفته واقترب مني وأشار إليها فاقتربت لألتقطها وعلى الرغم من مزاجي المتكدر إلا أنني نسيت كل همومي يا لها من طريقة رائعة لفتح الشهية !

أغمضت عيني قليلا أحاول النوم بينما جلس يدخن في هدوء وكان الوقت متأخراً وأنا لا أستطيع النوم على ذراعه وأنا أخدعه. أنهى سيجارته ووضع رأسه على الوسادة لينام فجلست وطلبت منه أن يحاورني فلدي مشكلة أود أن أعرضها عليه لأنني إن حللتها وحدي فلربما أخطأت خطأ جسيماً ولا خاب من استشار .

أخبرني أن كله آذان صاغية فبدأت أتعثر في الكلام كلما طلبت معنى هربت مني الكلمات ولكنني في النهاية استجمعت شجاعتي في النهاية قائلة " ذوذو أنا رحت للدكتور النهاردة كان ضغطي نازل ... ومعدتي.... مرتبكة....و...... كنت أتمنى أن يقاطعني ولكنه لم يفعل فقط أشعل سيجارة وهو ينظر إلي في شك فأكملت من النهاية وأنا أتمنى لو وضعت قناعاً على وجهي حتى لا يري نظرة الذل والانكسار في عيني " ذوذو أنا...... حامل........ شوف أنا عارفة إنك رافض الحمل دلوقتي بس أنا والله غصب عني ما أعرفش ده حصل إزاي .... أنا عارفة إنك رافض الحمل دلوقتي شوف أنا عندي استعداد أنزله حالاً لو حبيت !

بذكر كلمة الحمل انقبضت كل أساريره وأطفأ السيجارة في عصبية . تعبيرات وجهه الممتعضة أفزعتني وصمت ولم يجد صمتي فقلت في ذلة :- خلاص أنا هشوف دكتور ينزله . أرجوك بلاش .... قاطعني بنظرة مستنكرة ولكنه لم ينطق . لم أجد من الكلمات ما أعبر له به عن مدى ألمي عندما رأيت الهم الذي بدا على وجهه وبعد مدة طويلة من التفكير قال في صوت متهجد حاول كثيراً أن يخفي فيه إحساسه بخيبة الأمل ولكنه فشل :- ما يخالف مهرة ولا يهمج حياتي يا للا تصبحين على خير .

لم أرد فوضعت رأسي على الوسادة وأغمضت عيني لأتظاهر بالنوم بينما جلس هو يدخن في شراهة وبعد قليل ترك الغرفة ليبتعد عني تماماً.

في اليوم التالي لم يتناول إفطاره بحجة أنه تأخر عن عمله وظل طوال النهار في العمل وأتى بعد منتصف الليل بدون أن يتصل بي كعادته وبعد أن يأتي كان يتعلل أنه تناول طعامه مع بعض الأصدقاء.شعرت أنه يتهرب مني ويبتعد عني ومر أسبوع واثنان وأنا أشعر بأنه بعيد عني يعاملني برفق ويبتسم لي ولكنه بعيد وتيقنت أن الحمل هو سبب تغيره وكنت مشتاقة لأن أستعيده. أستعيد حبه وثقته وحنانه وعطفه خاصة أنني أتألم فالشهور الأولى للحمل جحيم لا يطاق ولكنني كنت شبه سعيدة لأنني أشعر بأن بداخلي كائن حي يتنفس، كنت أعشق الأطفال ولكنه أتى في الوقت غير المناسب تماماً فوالده للأسف غير مستعد لاستقباله.

مرت الأيام وأنا أتعذب كان بداخلي صراع بين حبي لزوجي ورغبتي في الاحتفاظ به وغريزة الأمومة التي تعصف بإحساسي ولكنني حسمت الموقف لصالح زوجي وقررت التخلص من الجنين فاتصلت بخالتي وطلبت منها أن

تبحـث لـي عـن طبيـب يسـاعدني فـي الـتخلص مـن الجنين ورفضت خالتي وثارت فقتل طفل بلا ذنب جريمة لا تغتفر .

اتصلت ببدويـة وطلبت منهـا ذات الطلب فوعدتني بتدبر هذه المسألة ومرت ثلاثـة أيـام فاتصلت بـي وأخبرتني بأنها اتفقت مع طبيب وأنه حدد موعداً لإجراء هذه الجريمة .

طلبت مـن زوجـي الـذهاب إلى خـالتي حتى يغير هـواء الريف النقي مـن حـالتي السيئة فأذن لـي وذهبت إلى خـالتي حتى ترافقني فأنـا خائفـة مـن أن أفقد طفلـي وحيـاتي ولكنها رفضت وهددتني بأن تخبر زوجي عن فعلتي الشنعاء ولكنني لم أبال فلقد اتخذت قراري ومن الصعب علـي جداً أن أتراجع بقراراتي فأنا لم أعد "تفيدة " أنا "مهرة ".

وأخذت معي نجوى مكرهة وذهبت إلى الطبيب لإجراء الجراحة كنت أرتجف من الخوف كنت أتمنى أن يحدث شـيء ما يمنعني من اقتراف تلك الكبيرة.

كنت قد تركت رسالة إلى زوجي كتبت له فيها جملتين " إن حبـي لك أقوى لـدي مـن غريزة الأمومـة....سـأتخلص من الجنين لأستعيد حبك "

يبدو أنه سعد بذلك الخبر بدليل أنـه لم يتصل بـي ليسأل عن كيفية تخلصي من طفله فشعرت بالحقد عليه ، إنه لا يهتم إن عشت أم مـت لا يكترث بمـا يمكن أن يحدث لـي بعد أن ينتزع الطبيب الطفل مـن أحشائي قسراً . إننـي أريد ذلك الـصغير أريـده بـشدة ولكـن تغير زوجي تجـاهي في الفترة الأخيرة تجاهي جعلني أغتاظ منه ذلك الدخيل الذي يرغب في تحطيم حياتي .

دخلت الغرفة التي سيتم فيها إجراء العملية غرفة بسيطة تمددت على السرير العـاري وأنا أرتجف تجمدت الدماء في عروقي وانخفض ضغطي لدرجـة كبيرة فأخذ طبيب التخدير

وقتـاً طـويلاً جـداً لإعادتـه إلى حالتـه الطبيعيـة حتى يستطيع الطبيب إجراء العملية .

حقنني الطبيب بمـادة قال أنهـا لتضييق الأوعيـة الدمويـة حتى لا أفقد كميـة كبيرة من الدماء بينما شردت أنـا وذهبت إلى عالم آخر كنت أتخيل ذلك الطفل بداخلي يبكي ويتوسل ألا أقتلـه بدون ذنـب ولا أدري وقتهـا لـم تـذكرت عمر ابن عمـة زوجي وتذكرت لوعة والدته عليه وحركت رأسي لأنفض عن ذهني تلك الفكرة التي تساويني بـالمجرمين ولكنني مجرمـة بالفعل إن السيدة سناء كانت تموت في اليوم ألف مرة بسبب موت ابنها أما أنا فإنني أقتله بلا رحمـة ولا شفقة إنني أقسى من الإرهابيين في العراق إنني أبشع من أبشع القتلـة فلـم يسبق من قبل أن قتل إرهابي ابنه .

كدت أصرخ عندما وصلت إلى هذه النقطة مـاذا حدث لي لأفعل مـا أفعل لقد كنت أحنق وأحقد على قتلة عمر مـا الذي غيرني وجعلني أتحول من أم إلى قاتلة هل هو حبي لزوجي؟ مـا دفعنـي إلى هذه الحـال المزريـة . هل يستحق زوجي أن أفتديـه بأمومتي وطفلي المسكين؟ هل يستحق رجل في هذا الوجود أن تضحي أم بطفلها من أجله ؟

وخزة حقنـة المخدر أنستني ما كنت أفكر فيه وطلب مني الطبيب أن أعد من واحد لعشرة وعدد ت واحد ...... اثنان ..... ثلاثة...... شـعرت بعد ذلك بـأنني أذهب إلـى عالم آخر لا أشعر فيـه بأي صـراع وتتلاشى فيـه الآلام وسمعت من بعيد صوت زوجي وازداد الصوت بعداً حتى فقدت الإحساس تمامـاً بعد فترة أحسست بهـا طويلـة بدأت أستعيد وعيي حـاولت أن أحرك رأسي وأنا أحـارب لفتح عيني وسمعت صوتاً تخيلت أنه صوت زوجي من بعيد وشعرت بوخزة إبره أخرى وسمعت صوتـاً غريباً يخبر من حولي أنني سأفيق قريبا خمس دقائق على الأكثر .

أمسك أحدهم بيدي وشعرت به يلثمها وخشيت أن يكون شخصاً غريباً وحاولت سحبها إلا أنني سمعت صوت زوجي هذه المرة بوضوح وهو يطمئنني أنه بجانبي ولن يتركني وشعرت بالأسى إذ لم أسمع هذه الكلمة إلا بعدما فقدت جنيني وشعرت بمدى وجع هذه الكلمة هل فعلا فقدته ؟ ولكنني لا أشعر بأي ألم ناتج عن العملية وبعد أن أفقت تماماً أخبرني أن أحشائي مازالت تحتضن الطفل فقد أتى بعدما قرأ رسالتي على الفور ليمنع هذه الجريمة، كانت هذه اللحظة هي أصفى لحظات علاقتي به شعرت أنني ولدت من جديد وأنني حصلت على كل شيء احتفظت بحبي وطفلي في وقت واحد .

عدنا إلى القاهرة وقد مات الفتور الذي شاب علاقتنا وعدنا كما كنا بل أكثر حباً من ذي قبل ، كنت سعيدة بالتغيرات التي تحدث في جسدي نتيجة الحمل ولكنني كنت دائماً ما أفقد هدوئي بلا سبب أقل كلمة أغضب فيراضيني ويرجع ذلك إلى هرمونات الحمل وكنت أفرح لأنني أتنمر عليه بدون أن يغضب مني لدرجة أنني تمنيت أن يدوم الحمل للأبد !

منذ تزوجت لم أعد أهتم بالقراءة ولا حتى الكتابة لم أعد أحب القلم كما كنت أحبه كلما عنت على خاطري فكرة كنت أؤجلها لم تعد الأفكار تتدفق على ذهني كما في الماضي سألني زوجي أحد المرات عن سبب توقفي عن الكتابة فأجبته بأنني أمر بحالة استقرار نفسي ولا يوجد لدي دافع للكتابة فقد ذهب الألم الذي يلهب مشاعري ويؤجج لدي الرغبة في التنفيس عما بداخلي .

إن الإحباط والحزن ما يدفعونني إلى الهرب للخيال لأهيم به وسط أبطال رواياتي الخيالية. سألني إن كنت نادمة على الزواج الذي تسبب في نضوب أفكاري فأجبته بأنه لدي أغلى من أغلى أفكاري وأعظم عندي من أي شهرة وأن مجرد وجوده في حياتي نعمة غالية أعرف قيمتها جيداً فانا الآن

ذبت فيه أصبحت داخله وأصبح بداخلي فلا أهتم بشيء آخر حتى موهبتي التي كانت سبباً في معرفتي به ، إنه هو من جعلني أحب الحياة وجعلني أشعر بكل دقيقة أعيشها إن موهبتي ما هي إلا عمل كأي عمل يؤديه المرء إذا فقدته يمكنني أن أجد عملاً غيره أما هو إذا فقدته لا قدر الله فقد أفقد الحياة والوجود والعالم .

مر وقت طويل لم أذهب فيه إلى قريتنا لإشفاق زوجي على من طول المسافة وسوء الطريق وطلبت منه أن أذهب إلى القرية بعض الوقت لأتمتع بالهدوء والمشاهد الريفية المبهجة وأذن لي بعد طول رفض وسافرت وحدي لأنه كان مرتبطاً بالعمل.

كنا في فصل الشتاء وأنا أعشق الشتاء في الريف على الرغم من جو الخوف الذي كنت أشعر به ليلا وأنا بمفردي في البيت فبدوية تنام بعد العشاء مباشرة ولم أرد أن أحمل خالتي فوق طاقتها فمرض زوجها يدفعها إلى مرافقته ليل نهار أما نجوى فقد أنعم الله عليها بزوج حنون طيب عوضها عن الأيام التي تجرعت مرارتها بصحبة زوجها السابق واستقرت في القاهرة بصفة دائمة.

بعد أسبوع من الإحساس بالوحدة التي لم أعد أتحملها اتصلت بزوجي كنت أتمنى أن أتحدث معه وجدته في مكتبه ومعه عدد من مساعديه فلم أطل المكالمة وأخبرته فقط أنني أفتقده فوعدني بالاتصال بي بعد أن ينتهي الاجتماع الهام .

وضعت سماعة التليفون ولا أدري لم كانت روحي تهفو إليه كنت أحتاجه أريده أن يكون معي يدفئني ويسليني ، شعرت أن العالم فارغ من حولي وكأنني بمفردي على وجه الأرض فتحت التليفزيون فلم أجد ما يثير اهتمامي ، أمسكت بكتاب وبعد قليل مللت فأخذت أجوب البيت الواسع والجو قارص البرودة وخرجت إلى الفراندة لكي أعيش في جو

المطر الريفي المخيف وصوت الرعد يجلجل وضوء البرق يخطف البصر وحركة الريح تضرب أوراق الشجر فتصدر حفيفاً مرعباً ، ظللت في الفراندة وقت طويل إلى أن تجمدت أطرافي .

كنت كمن أنتقم من نفسي عقاباً على بعدي عنه ودخلت لأجلس أمام المدفأة ولم أحسب الوقت إلى أن غفوت ولكنني استيقظت على صوت طرقات خفيفة على الباب ودخل الفزع قلبي وكدت أوقظ بدوية ولكنني خفت أن أظهر بمظهر الجبانة فاقتربت من الباب وسألت من الطارق فأتاني صوت حبيبي إنه هو شعر بي وشعر بالتوسل في صوتي الحزين فترك العمل وأتاني في منتصف الليل في ذلك الجو العاصف الممطر ليطمئن علي ويتأكد من أنني بخير .

فتحت الباب في لهفة وارتميت على صدره كان مبتلا كعصفور صغير أخذته بسرعة إلى المدفأة وجلبت له ملابس جافة دافئة وسألته باستغراب عن سبب قدومه في مثل هذا الوقت فأجابني بلفظة واحدة " اشتاقيت " فقد دفعه الشوق إلى أن يأتيني في مثل هذا الجو إن الحب يعطي الإنسان قوة خرافية و يسلب عقله ويزوده بطاقة جنونية تدفعه لفعل مالا يمكن أن يفعله في الظروف العادية .

جلس بجواري ليطمئنني وأحاطني بذراعيه في حنان دائما ما يغمرني به و أخذ يدغدغ مشاعري بصوته الهامس الذي أعشقه ويهمس باسمي في شوق جارف ، حقيقة لم أستمع إلى شخص ينطق اسمي بمثل هذه الطريقة "مهرة " كانت لديه لثغة خفيفة في حرف الراء تجعلني أستعذب اسمي وأحبه . كنت أتمنى أن يكون طفلي يشبهه حتى أحبه مثلما أحب والده وليذكرني به كلما غاب عني .

قضينا عدة أيام وعدنا بعدها إلى القاهرة وبعد عدة أيام طلبت من زوجي الذهاب معي إلى المستشفى لنطمئن على الطفل ونرى أذكر هو أم أنثى .

كانت المرة الأولى التي يذهب معي فيها إلى المستشفى ليرى الطفل فقد كان منشغلاً دائماً بالعمل ، كنت أراقب تعبير وجهه وهو يتفحص الطفل من خلال السونار كان مندهشاً وفي عينيه نظرة انبهار وأخبرنا الطبيب أنه طفل ذكر واتسعت ابتسامة زوجي وهو يسألني عن الاسم الذي سنطلقه عليه ، كان متحمساً للغاية ونسى الطبيب ونسى الغيرة فقط أخذ يحدثني بكل حب وسألته هل يجب أن يسمي الطفل اسم عراقي أم مصري فأجاب بأنه يريده اسماً عراقياً صميماً فخطر على بالي الاسم العراقي الوحيد الذي أعرفه " كاظم" على اسم القيصر كاظم الساهر فضحك وقال في غرور " هسه أنا عم بو كاظم " !

نطقها بطريقة رائعة "كاظم" لا أدري لم أحب نطقه للكلمات طلبت منه أن يعيد نطقها ثانية فنطقها فضحكت حتى أن الطبيب وهو صديق حميم لزوجي قال له أننا أسعد زوجين رآهما وتمنى علانية أن يصبح مع زوجته مثل ذو الفقار معي .

كانت الأيام تمر سريعة والطفل ينمو ويتحرك وتوطدت علاقتي به أكثر وأكثر وأنا أشعر به يتحرك ويلعب بداخلي إنه إحساس مدهش يجعل المرء يسعد سعادة لا حد لها.

منذ حدث الحمل لم أفتح مع زوجي موضوع أهله أبداً ولم أطلب منه أن يخبرهم بزواجه أو حمل امرأته ولكنه وعدني أحد المرات وهو في قمة الحماس أن يخبر والديه وباقي العشيرة بعد أن وضع يده على بطني فركله كاظم في قوة جعلته ينتفض من المفاجأة .

كنت أجهز الثياب الصغيرة وكل الاحتياجات واللعب ، كل ما يحتاجه الطفل الصغير وقام زوجي بتصميم غرفة خاصة به طلاها باللون الوردي الهادئ ، كانت غرفة مبهجة كنت أقضي فيها معظم وقتي وأتلهف لليوم الذي سأضع فيه كاظم في فراشه وهو نائم أتلهف للساعة التي سأضعه فيها على صدري وأهدهده ، كنت أشعر بتغير كبير في حياتي ليس تغيراً جسدياً وحسب ولكنه تغير شامل لم أعد أفتقد زوجي كما كنت أفتقده فقد كنت أشعر أن معي من ينوب عنه بل كنت أشعر بأنني أحمله هو ذاته بداخلي .

بقي شهر ونصف على الوضع وكنت أشبه شجرة الجميز إلى حد كبير فقد زاد وزني وتغير شكلي تغيراً كبيراً وكنت أذهب للنادي لأتمشى على الرغم من إحباطي بسبب مظهري إلا أن نجوى كانت تصاحبني لنتمشى معاً ونتذكر كم كنا نمشي في الحقول في الجو الرائع بعد العصر وبعد الإفطار في شهر رمضان كم أفتقد رائحة الحقول صباحاً وصوت العصافير في الربيع والعطر الذى تجود علينا به أشجار الورد البلدي والياسمين ولم يطل اشتياقي فقد مرض زوج خالتي مرضاً شديداً توفى على إثره وذهبت لأواسي خالتي التي انهارت. وتركت زوجي مدة إلى أن تماسكت خالتي وطلبت مني أن أعود إلى بيتي وزوجي حتى أبتعد عن جو الحزن كي لا يتأثر الجنين بجو النكد ، واتصلت خالتي بزوجي حتى يأخذني وذهبت إلى القاهرة مرة ثانية ولكنني كنت في حالة غريبة كنت أشعر بالتعاسة ولا أدري ما السبب . كنت أبكي بلا سبب إذا طلب مني زوجي شيء ما كنت أبكي لدرجة أنه اتصل بطبيبي وأخبره أنني في حالة بكاء مستمر وأنه يخشي أن يكون هناك ما يؤلمني وأرفض أنا الإفصاح عنه ولكن الطبيب أخبره أن هرمونات الحمل ما تسبب لي الضيق وتجعلني أبكي من التعاسة ، كنت أشعر بأشياء غريبة كنت

أشعر بالحر في الجو البارد وفجأة لا أتحمل البرد وارتجف ويضيق تنفسي بلا سبب وأشعر بالاختناق أحياناً وبالغضب أحايين كثيرة ولكن زوجي كان يتحملني في هدوء ، أتشاجر معه على الإفطار فيتصل بي عندما يصل إلى مكتبه ويسأل عن صحتي ومزاجي الذي كان يروق دائماً عندما يغادر البيت لدرجة أنه قال لي أحد المرات أنني كرهته بمجرد أن بدأ كاظم في مداعبتي .

أحد الأيام استيقظت مبكراً بلا سبب كنا في الخامسة صباحاً في الحقيقة لم أنم ليلتها كنت غير مستريحة لا أستطيع النوم وأشعر بآلام غير عادية و يتصبب وجهي عرقاً والأسوأ أنني أشعر بالبرد وارتجف على الرغم من أنني أرتدي أثخن ملابسي وقررت أن انتظر للصباح حتى أتصل بالطبيب واستيقظ زوجي وأخذ حماماً دافئاً وصلى وتناول إفطاره وأنا أكاد أموت ألماً ولكنني أكتم ألمي حتى لا يفزع فهو لا يتحمل أن يراني مريضة كما أن موعد الوضع ما زال بعيداً فربما تكون هذه مجرد تقلصات وستزول .

ما أن غادر زوجي البيت حتى اتصلت بالطبيب وأخبرته فطلب مني سرعة الذهاب إلى المستشفى ونقلتني نجوى على الفور وما أن فحصني الطبيب حتى تغير وجهه وبعد قليل فوجئت بزوجي وقد ترك كل شيء وأتى فتيقنت أن هناك خطراً ما يهدد كاظم الصغير وخرجت نجوى لتحادث الطبيب بينما أمسك هو بيدي وسألته عما يحدث فأخبرني بصوت مرتعش وأنفاس مرتجفة أن كاظم فتى متعجل يرغب في القدوم قبل موعده لكن عينيه كانتا تهربان من عيني وملامحه كانت منقبضة كأن هناك خطب ما إنني أعرفه جيداً عندما يحزن يسيطر عليه الحزن تماما ولا يستطيع حتى أن يفتح فمه ليبتسم .

ازداد الألم ضـراوة وأنـا أحـاول التجلـد وظللـت أقـاوم وأقاوم إلى أن فقدت الجلد وشعرت بكاظم يغادر جسدي إلى الأبد فأغمضت عينـي لأستريح بعد طول تعب ومرت دقيقـة واثنتان وثلاثة ولم أستمع لبكـاء الطفل ولم أسأل فقط راقبت الطبيب وهو يسلم كـاظم لوالـده الذي تطلـع إلى وجهه طويلاً وما أن نظر إليه حتى خبا بريق عينيـه المميز وأظلم وجهه وامتلأت عينـاه بالدموع .

شعرت بقلب الأم أن هناك ما يخفيه الجميع عني وظننت أنه ربما كان الطفل بنتاً مثلاً وأخطأ الطبيب في تشخيصها لذا خـاب أمـل زوجـي فطلبت منـه بـصوت أجهـده طـول الألـم والصراخ أن أرى الطفل أو الطفلة لأقبله فاقترب مني ونظرت إلى وجهه ورحت في نوم عميق .

ظللت نائمـة إلى اليوم التالي ومـا أن فتحت عينـي حتى طلبت من زوجي أن أرى الطفل فقد اشتقت لوجهه الجميل وعينيـه المغمضتين وشعـره الأسـود السـاحر فـأخبرني وهو يتقطع أن الطفل في الحضانة لأنـه غير مكتمل فشعرت بخيبـة الأمل ولكنني صبرت وكتمت شوقي الجارف إلى احتضانه وعدت إلى بيتي .

وفي مسـاء أحد الأيام كـان زوجي متكئـاً بجـانبي علـى الفراش يتحدث معي في أحد الموضـوعات فشردت وهو يكلمني فسألني أين ذهبت بفكري فأخبرته أنني أفتقد كـاظم أحن إليه طعامـه في صـدري يؤلمني وحضني دافئ يحترق لوعة لبعده عني فتنهد في عمق وتمتم بكلمـات غير مفهومـة وسألني سـؤال أخـافني سـألني إن كنت أحب الطفل أكثر منه فنفيت في سرعة وكنت أكذب وأخبرته بأنني أحبه هو فهو من منحني كاظم وقادر على منحي غيره فقال في أسـى أنـه يشعر أنه يغشني ويكذب علي وأخبرني بكل بساطة أن الطفل ولـد ميتاً .

صعقت ولم أصدقه فأقسم لي أنه كان ميتاً عندما حمله وأنه لم يوضع في الحضانة بل وضع في مثواه الأخير. كانت الصدمة فوق احتمالي لم أصرخ ولم أبك على الرغم من حاجتي الشديدة للتعبير عما بداخلي ، لا أدري ما أصابني فلم أسمع كلمات زوجي وهو يواسيني ويعدني بأن ننجب طفلاً آخر ولم أفهم أي شيء ووضعت رأسي على الوسادة ولا أدري ما حدث فقد عرفت فيما بعد أنني أصبت بصدمة عصبية شديدة .

وأخذني زوجي إلى القرية لأغير من الجو الكئيب الذي أعيش فيه فقد خشي علي من الجنون نتيجة للحالة العصبية التي أمر بها.

كانت صدمة خالتي لموت الطفل أكبر من صدمتي بكثير فعندما أخبرتها أثناء فترة الحمل أن الجنين ذكر طلبت مني أن نذهب إلى أحد المشايخ حتى يكتب لي ورقة بالسبع عهود السليمانية لأحملها لأنني ربما أكون متبوعة مثل أمي وخالتي وجدتي فأهل الريف عندما تفشل امرأة في إنجاب الذكور نتيجة لموتهم وهم أجنة يعزون ذلك إلى وجود جني يتبع الأم ويقتل أطفالها الذكور ويترك البنات وما يمنع ذلك هو التقرب من الله بقراءة القرآن والصلاة وكذلك حمل ورقة السبعة عهود السليمانية حتى يحفظ الله الجنين وعلى الرغم من أنني سفهت كلامها في وقتها ونعتها بإتباع الخرافات والسير وراء الأباطيل إلا أنني الآن أتمنى لو كنت قد نفذت نصيحتها ربما لم أكن أشعر بهذا القدر من المرارة التي يغص بها حلقي وذلك الإحباط الذي قضى علي ،على الرغم من كثرة الهدايا التي يمطرني بها زوجي وحنانه الذي يغمرني به .

كلما تذكرت وجه كاظم وهو مغمض العينين في براءة وشعره الأسود الفاحم الطويل يغطي جبينه الشمعي كنت أتمنى لو حملته وقبلته وتشممته. إنني أمر بوقت عصيب أتألم وأتمنى أن أكتم ألمي في صدري ولا أشعر به زوجي الذي ذاب من فرط حزنه على ما حدث للطفل وما أمر به قال لي أحد المرات أن أصعب موقف مر به بعد استشهاد عمر هو موقفه وهو ينتظر أن أضع الطفل وهو يعلم مسبقاً أنه ميت أخبرني أنه حمله وهو يتمنى أن يبكي أو يحرك أحد أصابعه أو حتى ترمش إحدى عينيه . كنت أصلي وأدعو الله أن أنسى ما حدث أنسى الطفل و أغلق غرفته الوردية التي تجذبني كالمغناطيس وأعتبرها غير موجودة.

وفي محاولة منه لجعلي أكف عن التفكير طلب مني أن أساعده في العمل أن أقرأ الأعمال الأدبية المعروضة على دار النشر وأقيمها وأعطي له ملخصاً عنها وأعجبتني الفكرة ووجدتها وسيلة للتخلص من الفراغ الذي يسبب لي الإحباط والاكتئاب .

مرت شهور كثيرة لا أعرف عددها وأنا أتمنى أن يحدث الحمل مرة ثانية ولكنه لم يحدث كنت أشعر بأن سعادتي لن تكتمل سوى بوجود شخص ثالث نهتم به ليجدد لنا مشاعرنا كما قرب بيننا كاظم ، العمل خفف عندي حدة الاكتئاب كثيراً ولكن مازال شيء ما ينقصني كنت أشعر بالذنب نتيجة معاملتي الجافة لزوجي لا أدري لم كنت أحاول أن ابتعد عنه على الرغم من أنه لم يسمح لي بالابتعاد كلما ابتعدت اقترب وكلما جفوت حن وكلما غضبت رضى .

اقترح على أن نسافر لمكان بعيد لنستجم فيه ولنسترد عاطفتنا المشبوبة واقترح السفر إلى تركيا فهناك يعيش بعض أقاربه وأخواله والطبيعة هناك خلابة ساحرة وسافرنا وزرنا أحد أخواله ليعرفني عليه وتعرفت على زوجته وأولاده كانوا

أشخاص لطفاء محببين واقترح علينا خاله أن نقيم معهم ونترك الفندق الفخم الذي نقيم فيه وألح كثيراً وكاد " ذوذو " يوافق إلا أنني غمزت له بطرف عيني فرفض على الفور وشكر خاله فنحن نريد مكاناً ننعم فيه بالخصوصية .

شعرت وأنا أجوب أنحاء تركيا بالانتعاش يسري في بدني كأنني استرددت كل سنوات عمري التي فقدتها وبدأت أستعيد مرحي وعاطفتي التي فقدتها وحاولت أن أعوض زوجي عن كل لحظات الحزن التي مرت بنا معاً كنت أحاول أن أرد له الجميل فقد وقف بجانبي ولم يتخل عني في محنتي .

في صباح أحد الأيام وأثناء جلوسي في ردهة فندق " ciragan sarayi " الفخم الذي يقع بحي بيشك تاش باسطنبول كنت انتظر زوجي الذي أخبرني أنه سيلحق بي وأثناء انتظاري جلست بجواري فتاة جميلة اعتقدت أنها تركية لأنها أخذت تتحدث على هاتفها باللغة التركية التي لا أفهم منها سوى عدد من الكلمات التي علمنيها زوجي والذي فوجئت أنه يجيد اللغة التركية بجوار الانجليزية والفرنسية والألمانية والكردية وأخبرني لأول مرة أن سبب معرفته للغة التركية هو والدته التركمانية الأصل ولأن التركمانية قريبة جداً من اللغة التركية . كان أحياناً يغني لي أغاني تركية بصوته الحنون أحد المرات طلبت منه أن يترك مجال النشر ويعمل كمطرب .

قامت الفتاة شديدة الجمال من مكانها وسارت وأتى زوجي واقترح علي أن نذهب لشاطئ مرمرة بالجنوب الغربي من اسطنبول وذهبنا لنقضي اليوم بين الماء والشمس والجو الرائع وبعد تناولنا الغداء وأثناء تناولنا الشاي فوجئت بالفتاة التي جلست بجواري في الفندق وهي تنادي زوجي بصوت جميل تناديه بالاسم الذي أدلله به مما يدل على

قربها منـه انـدفعت هـي إليـه بينمـا لـم يكـن منتبهاً لهـا وعـنـدما رآها تفاجأ وقام ليلاقيها وأمسك بيديها الاثنتين ونساني أنا تماماً ، كـان قريبـا منـي كفايـة لأسـتمع لحـديثهما باللهجـة العراقيـة الممزوجـة بالتركيـة بعد عـدة دقـائق تـذكرني وأتـى ليعرفها علي على أنني مساعدته في العمل ولم يقل لها بالطبع أنني زوجتـه فسألتني عن حـالي في أسلوب أشعل النـار فـي قلبـي قائلـة " sen nasilsin " فأجبتهـا وقـد تملـك الغضب مني "iyim tesekkurler "" أجبتها أنـي بخير ولكننـي لـم أكن بخير أبداً فقد جلست معنـا لتنـاول الشاي وأخذت تتحدث مـع زوجـي باللغـة التركيـة التـي لا أفهـم منهـا سـوى كلمـات بسيطة والتقطت منها بعض الكلمـات التي تـدل علـى الاشتياق واللوعـة لقـد قالـت لـه مباشـرة " seni ozluyorum " أي اشتقت إليك . كدت أقتلـع عينيهـا الجميلتـين ولكننـي تحملت وصبرت ووضعت قطعـة مـن حجـر الصـوان بـديلاً عـن قلبـي الذي أحرقته الغيرة .

لم تطل جلسة الفتاة معنا وذهبت ولكنها ودعته بكلمـة " seni seviyourium " وتعنى أحبك باللغة العربية.

كان يوماً طويلاً لم أتكلم ولم أعقب ولـم أظهـر النـار التـي اشتويت بهـا وهـو لـم يفسر لـم يعتـذر وتجاهل الأمـر كأنـه لـم يحدث . لم أشعر بالغيرة من قبل، قبل أن أتحول لفتاة جميلة كنت أعلم أننـي قبيحـة وكنـت أعلـم أننـي فـي مرتبـة أقـل مـن الفتيات الجميلات وكنت راضية وعندما أصبحت جميلـة وثقت بنفسي ولكننـي كنـت أعلـم أننـي أقـل مرتبـة لأن جمـالي لـيس طبيعياً لذا لم أضع الغيرة في حسابي وطوال زواجي لـم أشـعر بالغيرة من أي امرأة لأنني أعلم جيداً حبه الجـارف لـي فوثقت بـه وأعطيتـه كامـل الحريـة فـي أن يفعـل مـا يريد طالمـا يحبنـي ويقدرني ويحافظ على حبه لي .

هذه المـرة شـعرت بـشعور مختلـف شـعرت أننـي أغـار وتلاشت أمامي كل المراتب التي وضعتها لنفسي و كأي امرأة طبيعية تغار عندما تشتم رائحة أنثى أخرى تحوم حول رجلها وحاولت تجاهل الأمـر تمامـاً وظللت طـوال اليـوم أبـالغ فـي سعادتي وابتساماتي حتى أظهر له أنني لا أكترث .

في المساء حاولت النوم إلا أننـي لـم أستطع فجلست في الفراش أراقبه وهو يغط في نوم عميق فحسدته لـم ينـام وأنـا مؤرقة وهو سبب سهادي؟ لم ينام هادئاً مطمئناً وأنـا أحتـرق ؟

أيقظته بـلا سبب فجلس بجواري وطلب كوبـاً من المـاء حتى يفيق كان يعلم جيداً أنني لم أنم بسبب قلقي من تلك الفتاة وتصرفه معها وبدأ يمهد لفتح الموضوع ولكننـي خشيت من أن يكذب علي ويشعر رادار الأنثى بداخلي أنه يكذب. كما أنني خشيت أن يخبرني الحقيقـة فأتـألم وتضيع ثقتـي فيـه ،وضـعت يدي على شفتيه وأخبرتـه بـأنني أيقظته لأنني أريـده . أريـده أن يضمني لصدره فأنـا أشعر بخـوف ورهبة وأريد أن يجدد عهده لي ويخبرني أنه يحبني ألف مرة.أردت أن أستعمل حقي ولو لمرة واحدة فـي التحكم بـه وفعل ما أريد بالطريقـة التـي أريدها ولم يمـانع كنت أرغب في أن أراه ضعيفاً أمـامي ربمـا أردت الانتقـام منـه لا أتـذكر ولكننـي أردت إطـلاق سـراح تلـك اللبؤة الشرسة بداخلي كنت مندفعة أعبر عن إحساسي بثورة لم يسبق لي أن عبرت ونطقت بكلمات لم يسبق لي أن نطقت بها وفعلت أشياء لم يسبق لي أن فعلتها . وأخبرتـه أنني أحبه وأنني لا أرى في حياتي سواه وأنني لن أسمح لقلبي بأن يميل إلى شخص آخر ، كان مندهشا لم يخبرني ولكن نظراتـه نمت على كل أحاسيسه. وبعد أن انتهى العرض الثائر وأغمضت عيني ولا أدري لم شعرت بأن كل طاقة الحقد التي ملأت قلبي قد خبت جذوتها عندما قبلني من خدي في حنان ووضع

106

رأسي على ذراعه عندها أصدرت فرماناً بنسيان ذلك الموقف تماماً ومحوه من ذاكرتي للأبد فأنا لن أدع شيئاً يكدر صفو حياتنا معاً .

عدنا إلى القاهرة وقد تجدد نشاطنا وبدأت في التخطيط لكتابة رواية رومانسية قريبة جداً في أحداثها من قصتنا فهي عبارة عن قصة فتاة مصرية تقع في غرام شاب عراقي يعمل في مجـال النشر لا أعلـم لـم قررت تسجيل قصة حبنـا على الورق هل لأنني أنسى لذا أردت توثيقها ؟ أم لأنني أردت أن أصف لـه مشاعري تجاهه وأخبره بطريقة غير مباشرة أنـه روحـي التـي تحل بجسدي ودمـائي التـي تجري بـشراييني وأوردتي وأنـه الهواء الذي يملأ رئتي .... لا لـن أجد من الكلمـات مـا أعبر لـه بـه عن حبي الجارف وحنـاني عليـه ولهفتي المرضية عليه ، كنت أرغب في أن تكون هذه الرواية رسالة صادقة يكتبها قلبي قبل أناملي .

عندما أكتب دائما ما تكون الفكرة مكتملة تماما في ذهني ثم أبـدأ فـي تصميم الخطوط العريضة ثـم أبـدأ التفكيـر فـي الموضوعات الفرعية التي سأسدد بها فراغات الرواية وكذلك الشخصيات الثانويـة والعلاقـات المتشعبة وبعـد أن كتبـت الجزء الأول ونسخته على الكمبيوتر طبعته لأعرضـه على زوجي الذي انبهر به فهو صاحب الفكرة هو من طلب مني أن اكتب رواية تحمل عبق قصتنا معا .

بعد أن قـرأ المقدمـة شـجعني فهي بدايـة قويـة وبعـد المقدمة لم أتمكن من الكتابة ثانية فقد انشغلت في العمل مـع زوجـي كنت ليل نهار أقـرأ أعمـال الكتـاب وأعرضها عليـه وأعطي له رأيي.

مـرت عدة أشـهر وأنـا منـشغلة وقررت أن أذهب إلـى قريتي لأستريح قليلاً من القراءة والطباعـة والزواج قضيت عدة أيام وعدت إلى القاهرة ليقابلني زوجي بقرار مفاجئ

ومستبعد، فقد قرر الذهاب إلى العراق لزيارة أهله وسيظل هناك لحوالي شهر ونصف. كانت صدمة بالنسبة لي فقد أخبرني من قبل أنه لن يذهب إلى العراق سوى بعد انتهاء الحرب بسبب الأحداث المريعة التي تتعرض لها الموصل بصفة خاصة لقد جعله والده يترك العراق بعد استشهاد عمر لأنه علم أن ولده سيكون التالي فخشي عليه وجعله ينقل نشاطه إلى القاهرة بعيداً عن الموت والدمار .

كانت علاقته بأهله جيدة كان يتصل بهم ويتصلون به حتى أن والده زاره وظل لديه أسبوعين ذهبت أنا فيهما إلى شقتي القديمة في القاهرة والتقى بي في العمل على أساس أنني إحدى مساعديه. كم كنت أتمنى وقتها أن يخبره أنني زوجته كنت أتمنى أن يخطئ أحدهم ويخبره بأن ولده حصل على زوجة رائعة ولكن ذلك لم يحدث حتى زوجي كان ينظر إلى بطرف عينه كأنه يواسيني .

في الأيام التي سبقت السفر كان متوتراً لا ينام ولا يأكل عزوت الأمر ربما لخوفه من رصاصة غادرة أو سيارة مفخخة أو صاروخ وأخذت أخفف عنه ، لم يكن سعيداً بالذهاب لا أدري لم تغيرت نظراته لي امتلأت عينيه بالشفقة كأنما خشي علي أن أصبح أرملة في هذا السن ، كنت متعاطفة معه جداً إذا غضب أو ثار بلا سبب معقول أتجاهل خصامه لي وأذهب لأطيب خاطره وأراضيه .

كنت أعلم انه يمر بظروف نفسية سيئة فقد كان لا ينام سوى بمنوم. إحدى الليالي وبعد أن رحت في النوم استيقظت على صوته كأنه يستغيث قمت وأنا في حالة من الفزع فوجدته كأنه يقاوم شخصاً ما أو شيئاً ما كان نائماً وكان من الواضح أنه يمر بكابوس مخيف وفي سرعة أخذت أوقظه برفق فصرخ وهب جالساً أحضرت له بسرعة كوباً من

الليمـون وشـربه وقد تـصبب عرقاً وابتـل شـعره كأنمـا مشـى ساعات تحت المطر .

بعد أن هدأ قليلاً سألته عما حدث فأخبرني في أسى أنـه شـاهد عمـر ابن عمته وكأنمـا يتكـرر مشـهد استشـهاده مرة ثانية أمام عينيه ، كـان هذا الموقف هو نقطـة ضعف زوجي الأولـى والأخيـرة ، كـان مـن الـصعب علـي أن أراه فـي هـذه الحالـة . كان يحكي لي وهو يرتجف وفجأة انفجر في البكـاء ، كانت المرة الأولى التي أراه يبكي فقد كان دائماً شـامخاً قويـاً كـان يتـذكر مواقف عمـر كل مواقفهمـا المشـتركة التـي كانـت تقريباً كل ذكرياته فقد كانا لا يفترقان . كـان بكـاء زوجي يمثل بالنسبة لي صدمة فهو انهيار لمصدر القوة التي كنت أستمد قوتي منـه انهيار قلبي الذي يستمد نبضاتـه منـه أخذتـه على صدري كطفل صغير إلى أن هدأ وراح في النوم وفي اليوم التالي سافر بعد أن رفض أن أذهب معه إلى المطار لأودعه .

كان فراغاً كبيراً على الرغم من أنني كنت أعمل كمديرة دار النـشر وكنت مثقلـة بالأعمال إلا أنـه تـرك فراغـاً كبيـراً بداخلي في الأيام الأولى كان يتصل ليطمئن علي أما بعد ذلك فقد تركنـي بـدون أن أعرف عنـه أي شـيء أكثـر مـن ثلاثـة أسابيع إلى أن خارت قواي وظننت أن شيئاً مـا قد حدث لـه . كنت كلمـا اتـصلت بـه أجـد هاتفـه غيـر متـاح فاستجمعت شـجاعتي واتـصلت بعمتـه الـسيدة سـناء التـي فرحـت جـدا بمكالمتي لأسألها عنه فأخبرتني أنه بخير ولكنه مشغول قليلاً ووعدتني بأنها ستخبره بمكالمتي وستجعله يتصل بي .

ملأ الغضب قلبي إنـه لـم يمت إذن مـا سبب عدم اتصاله بي ؟! وظللت أنتظر إلى أن اتصل بي من سوريا وأخبرني أنـه في الطريق إلي مصر وقتها نسيت كل الغضب وجهزت نفسي وجلست انتظره إلى أن عاد.

كانت عودته بمثابة عودة الروح إلي ولكنه كان غريباً كان هادئاً على غير العادة نحف جسده بصورة ملحوظة طال شعره وتغيرت ملامحه حتى لمساته لي تغيرت .

منذ اللحظة الأولى شعرت بأنه ليس نفس الشخص الذي غادرني وهو يرتجف وسألته عن إحساسي بتغيره فأخبرني أنه طوال المدة التي ابتعد فيها عني هي ما تشعرني بعدم الراحة ومرت الأيام وأنا أشعر بهذا التغير ولكنني أتجاهل إحساسي وما شغلني هو العمل كنا معاً طوال الوقت في البيت وفي العمل وفجأة قرر ذو الفقار أن يسافر ثانية ليريح أعصابه ولا أدري ما الذي تعب أعصابه ولكنني التمست له العذر كنت دائما ما التمس له الأعذار حتى وإن لم أجد عذراً أختلق وإن لم يسعفني ذكائي باختلاق عذر مقنع أقنع نفسي أنني أنا من أصبت بالوساوس والهلاوس لأنني كنت في يوم من الأيام قبيحة ومعقدة ومازالت لدي رواسب مخزنة في عقلي الباطن لم يستطع طبيبي النفسي التخلص منها .

أخبرني أنه سيسافر إلى الإسكندرية ليستجم وانتظرت أن يطلب مني الذهاب معه ولكنه لم يطلب وتركني وذهب وتعددت سفراته التي يستجم فيها وفاض بي الكيل ولم أجد عذراً آخر لكي أضيفه إلى قائمة أعذاري وإحدى المرات قررت أن أعلن استيائي وغضبي من سفره غير المبرر وسألته عن سبب تغيره إنني أشعر أنه شخص آخر ليس زوجي الذي أعرفه كان يجهد نفسه في أن يثبت لي أنه لم يتغير يتحدث معي برومانسية يحاول أن يشعرني بالحب ولكنني كنت أشعر أنه يفتعل إحساسه بالحب لم يعد عفويا كما كان معظم الوقت يجلس بجواري صامتاً وإن تحدث تحدث بتحفظ لا أدري أين ذهبت بساطته وعفويته لم يعد صدره حنونا دافئاً كما كان في الماضي لم يعد رقيقاً كان يغضب لأتفه

الأسباب ويعود ليتضرع أمامي ويعتذر بطريقة غريبة كان اعتذاره شامخاً أما الآن .... إنه غريب !

جمعت كل شكوكي وغضبي وآلامي ووضعتها أمامه فاعتذر لي وأخبرني أن زيارته للعراق هي السبب وبكي وهو يحكي لي عن مشاهد الدمار والجثث والدماء وأخبرني أنه إحدى الليالي وأثناء عودته إلى بيت والده بسيارته انفجرت قبله بعدة أمتار سيارة مفخخة ولم يستطع التوقف فسارت سيارته على الجثث والدماء وعاد إلى أهله وقد انهار .... خجلت من غضبي السخيف ولملمت حسراتي عندما أخذني بين ذراعية وهو يبكي كالطفل إنني مجرمة كان يجب أن أقدر منذ البداية حالته كان لابد أن أراعي مشاعره وأعلم أنه يحبني. يحبني أنا ولا شيء سواي.

ومرت الأيام والشهور وأنا أحاول أن أخرجه من الحالة الغريبة التي كان يمر بها وما كان يضايقني هو الفترات الطويلة التي يقضيها بدوني سواء أكان مسافراً أم في مكتبه.

إحدى المرات أخبرني أنه سيسافر ولم يحدد مكان السفر وطلب مني أن أذهب إلى قريتي لأستجم أنا الأخرى فمنذ فترة طويلة لم أذهب إلى أهلي هناك ولم اسأل عن ارضي التي أهملتها منذ تزوجت فرحت لأنفرد بنفسي وأفكر لا أدري بماذا سأفكر ولكنني قررت استخدام عقلي الذي هجرت استعماله منذ فترة طويلة .

اتصلت بي هالة شقيقتي وأنا في القرية وطلبت مني أن أهدم بيت أبي القديم الذي هجرناه في طفولتنا وأشيد لها بيتا عصرياً فقد تعب زوجها من الغربة وقرر العودة للعمل في مجال الدعوة الإسلامية.

وانشغلت في الهدم والبناء و تصميم المنزل إلى أن اتصل بي زوجي وأخبرني أنه في طريقه إلي فقد أتى من

سفره وقرر أن يأتي إلي لكي يقضي بعض الوقت معي ونعود سويا بعدها إلى القاهرة.

بعد ساعتين وصل زوجي فاستقبلته ببشاشة وبداخلي شعور غريب يسيطر علي دائماً عندما يسافر ويعود شعور بالخوف لا أدري لم تحول إحساسي ناحيته إلى إحساس مضاد كان يجب أن أشعر بالطمأنينة والأمان بدلا من شعوري بالخوف .

كان يبدو عليه الإرهاق الشديد وطلب مني أن أعد له الحمام ليغتسل ثم دخل إلى غرفة النوم مباشرة ونام . كان تصرفاً غريباً منه لم يسبق له أن عاد من سفره ونام مباشرة بدون أن يطلب مني أن أجلس بجواره أسامره إلى أن ينام. لم أعط الموضوع اهتماماً ورحت لأجهز له العشاء وأشرف على بدوية وهي تعد غداء لعمال البناء .

وفي المساء دخلت لأوقظه كان غارقاً في النوم ناديته أكثر من مرة فغمغم باسم غريب" تولاي " على ما أتذكر أو ربما اسم آخر لم استمع له جيداً . بعد مده فتح عينيه وأشار إلى إشارة تعني أن أجلس بجواره وأضمه إلى صدري فجلست على طرف الفراش و أنا أتأمل وجهه الوسيم آآآآآآآآه .... لقد اشتقت إليه كأكثر ما يكون الشوق ، سرحت وأنا أتطلع إلى وجهه في شوق فقال في صوت مجهد : ـ مهرة شلونج حياتي مشتاق إلج هواية حيل هلكد هالكثر كلش مرة زور !

ابتسمت فقد قالها لي بكل اللهجات الإقليمية العراقية وربت على ظهره في حنان فانتفض متألماً ففزعت وسألته في ذعر عن سبب ألمه فأجاب بأنه لا يدري فقط يشعر بألم لا سبب له فكشفت عن ظهره لأرى ما سبب هذا الألم وهالني ما رأيت إنها خدوش ..... خدوش حديثة عميقة إنها توقيع لأظافر امرأة بلا شك وتحملت الطعنة التي نفذت إلى قلبي

ببسالة وسألني في براءة فأخبرته أنه خدش بسيط ولم أخبره بشكوكي إذا أخبرته سيسفه كلامي وربما سيجد ألف عذر وعذر ويجعلني أبدو كالبلهاء ويعود ثانية ليخبرني عن فارق نقاط الحب بيننا فدائما أنا من أظهر بمظهر المحبة التي لا تبادل حبيبها نفس كمية الوله بينما هو غارق في بحار عينيها .

دخل ليغتسل بينما جلست على حافة الفراش وقد انتابتني الرعشة وشعرت كأنني على مشارف غيبوبة إلى أن خرج ووجدني على هذه الحال فسألني "شكو خير شبيج عيني؟ " ،كدت أصاب بأزمة قلبية وأنا أحاول الابتسام في وجهه تعللت أنني أشعر بالدوار فرأيت الفزع في عينيه هل يمكن أن تكون تلك النظرة الفزعة كاذبة ؟ هل تكذب علي عينيه ؟ هل يعقل أن يكون كاذباً ؟ .... طمأنته أنني بخير وقمت لأتناول العشاء معه كان قلقاً ولا أعلم بالتحديد سبب قلقه أهو خشيته من أن أكون مريضة أم خشيته أن أعرف سبب تلك الخدوش " وصمة الحب " التي تذكرني بكلمة الليدي ماكبث الشهيرة " كل طيوب جزيرة العرب لا تستطيع أن تمحو تلك اللطخة " وأثناء عشائي أخذت أتصوره في أحضان امرأة أخرى يهمس لها في حنان يقبل يدها ويلثم عنقها إلى أن تصل لدرجة من الثورة لا تستطيع فيها التفرقة بين العقل والجنون فتخدش جسده ولا يشعر بالألم نتيجة لثورة مماثلة ثورة تجعله مخدراً لا يتذكر سوى شيء واحد أنه معها وبين أحضانها لالالالا إنه لا يخونني لا يمكن ، لا يعقل .... أن ينظر لي تلك النظرة الحانية وفي عينيه امرأة أخرى إنه يحبني .... ولكن ما سبب إحساسي الغريب بتغيره ؟ لا إنه ليس تغيراً عاطفياً إنه الفتور الذي يصيب الحياة الزوجية.. إذن ما سبب عزلته والأوقات التي يقضيها على الانترنت أو الهاتف ؟ والأكثر ما سبب الخدوش الطولية على

جانبي ظهره؟ ربما خدشه شيء ما ..... لا إنه ليس خدشاً عادياً إنها آثار امرأة تملكتها رغبة جامحة فلم تستطع السيطرة عليها لالالالا .... لا أدري كيف غمغمت بكلمة لا ووضعت يدي على وجهي فرفع زوجي عينيه وسألني " شكو مهرة؟ خير ؟ شبيج حياتي؟

وتمالكت نفسي بسرعة فأخبرته أنني أفكر في قصة أكتبها وأثناء العشاء سرحت واندمجت واعتذرت له فابتسم وسألني عن المشهد الذي اندمجت فيه فأخبرته بأن المشهد لبطلة تحب زوجها واكتشفت خيانته ، كان يقطع شريحة من اللحم فتوقف فجأة ونظر إلي نظرة خاطفة ثم ابتسم قائلاً :ـ الخيال مالك جامح مهرة أنا مدا أحب قصص الخيانة .

فسألته :ـ إمال بتحب قصص أيه ؟

قال في بساطة:ـ خللي تكتشف انه متزوج غيرها حتى ما يصير البطل قدوة مو زينة للشباب .

انقبض قلبي إذن هو يفضل الزواج على العلاقات العابرة ماذا لو اكتشفت أنه متزوج ؟ ونفضت رأسي في قوة وأغمضت عيني لأبعد ذلك الكابوس عني وكان يلاحظني فقال " انتي اليوم مو طبيعية كلش شبيج مهرة وجعانة؟ قلت وأنا أحاول أن أخفي " ابدأ يا ذوذو صداع بسيط " ابتسم ابتسامة أنستني كل شكوكي وكل وساوسي قائلاً " ولايهمك هسه بضيع لك هو "!

قررت بعد تلك الليلة ألا أشك فيه أبداً فقد أثبت لي بما لا يدع مجالاً للشك أنه يحبني ويشتاق إلي أنا وحدي وأنه ليس هناك امرأة في حياته غيري ولكن هناك بعض الوساوس التي تتملكني أحياناً وأحاربها بكل ما أوتيت من قوة ولكنها تتغلب علي وفكرت أن أقطع الشك باليقين فعدت من عملي مبكرة إحدى الليالي بينما ذهب هو للقاء بعض أصدقائه ودخلت

على بريدي الالكتروني لأجد عشرات الرسائل من أصدقائي الذين هجرتهم لقد هجرت أصدقائي إكراماً لعينيه فهل يمكن أن يهجرني إكراماً لعيني امرأة أخرى ؟

وطلبت مساعدة أحد أصدقائي " عبد الرحمن " وهو هاكر محترف وطلبت منه أن يخترق البريد الالكتروني الخاص بزوجي ويحضر لي تقريراً وافيا بكل ما يطبعه زوجي على الكمبيوتر المحمول الخاص به .

دهش عبد الرحمن من طلبي ولكنه وعدني بتقديم يد العون لي فمن غير المعقول أن يراني على هذه الحالة ويتركني بلا مساعدة ونحن أصدقاء وطلب مني أن أستخدم اللاب توب الخاص بزوجي وأعطل نظام الحماية الذي يستخدمه لمنع الهاكر والمتطفلين وأستقبل الملف الخاص المحتوى على برنامج التجسس واستطعت التحايل على زوجي إلى أن نفذت ما طلب عبد الرحمن بدقة وأصبح اللاب توب الخاص به ككتاب مفتوح أمامي ومر أسبوع واثنان وبدأت تتجمع كل الخيوط في يدي . إنه على علاقة بامرأة لا يناديها باسمها يناديها دائماً بحبيبتي وصغيرتي وملكتي .... ذلك المخادع ! ولم أصدق عيني وفتحت كل الرسائل حتى رسائله التي ألغاها والأرشيف لأجد بعض من حواراتهما الملتهبة.

وتأكدت بما لا يدع مجالاً للشك أنني في خطر وأن هناك امرأة أخرى تطل بوقاحة من عينيه وأخذت أسأل نفسي وألومها ماذا فعلت ليخونني ؟؟؟؟ ماذا اقترفت؟ ما الإثم الذي جنيته ليميل بقلبه عني بعد أن كنت أنا من احتل قلبه وشعرت بالضياع. إنني أضعه في عيني وأغطيه بأهدابي لقد حقدت على روحي لأنها تحل بجسدي وكنت أتمنى أن يحل هو بجسدي كنت على استعداد أن أترك كل شيء من أجله لم أهمله مرة ولم أغضبه ماذا حدث ليخونني إنني أنفق معظم

115

دخلي على الكوافير والعطور والملابس لكي أبهره إنني أحبه .. أحبه ... أحبه !

هل هذا هو جزاء حبي وإخلاصي؟ أن يخونني ويكسر قلباً طالما احتواه بداخله ونصبه ملكاً على عرشه قلب كان نبضه يهتف باسمه آناء الليل وأطراف النهار . لم أكن أتوقع أن يخونني لقد كنت أحس بحبه في كل لفظ ينطقه وكل نفس يأخذه ماذا حدث ليتبدل الحال وتدور على قلبي المسكين الدوائر إنني أنا من تسببت لقلبي في تلك الصدمة إنه طموحي ورغبتي في أن أكون مميزة كان يجب أن أقنع بكوني تفيدة إن مهرة لم تجلب لي سوى الألم لقد كرهتها .كرهت ملامحها الجميلة ،كرهت جسدها الممشوق، لقد مللتها مثلما مللها ذو الفقار ، إنني لا أتحمل ذلك الصراع بداخلي.

ووجدت نفسي بدون أن أشعر في طريقي إلى القرية وعاد من عمله فلم يجدني فاتصل بي ولم أرد فقد كنت تائهة وأخذت أسترجع تاريخ علاقتي به وبدون أن أشعر انهمرت الدموع على وجهي وظللت أبكي وأبكي إلى أن وصلت إلى بيت خالتي وأنا لا أشعر ولا أدري أين أنا وفتحت لي زوجة أحمد الباب فلم أسلم عليها فقط دخلت في صمت والدموع تغمر وجهي فهالها المشهد وصاحت تنادي خالتي التي هبت إلى واحتضنتني وسألت في فزع عما أصابني ولم أستطع الرد فقد خارت كل قواي فأخذتني إلى غرفتها ، تمددت في فراشها وأنا أرتجف من شدة البكاء واتصل هو بي فردت عليه خالتي وأخبرته أنها مريضة وأنها اتصلت بي لكي أظل معها عدة أيام إلى أن تشفى واقتنع على الرغم من إعرابه عن غضبه الشديد لأنني سافرت بدون أن استأذنه .

في اليوم التالي اتصل ليحادثني فأخبره أحمد أنني نائمة وكلمته خالتي وسألته إن كان هناك ما يوتر العلاقة بيننا فأخبرها في ثقة أننا على ما يرام وسألها عن سبب هذا

السؤال فأخبرته أنني نحفت قليلا ويبدو علي الإرهاق وهي تحب أن تطمئن علي .

وأرسلت خالتي لنجوى التي أتت في سرعة لأنني لم أعترف لخالتي على الفور فلابد أن تحضر نجوى لتنتزع مني الاعتراف وأخبرتهما أنني أشك بزوجي وأن هناك امرأة أخرى في حياته وأنني صرت متأكدة أنه يخونني.

كانت صدمة خالتي أشد من صدمتي بكثير ولكن نجوى وضعت عينيها في الأرض ولم تنطق وسألتني وكأنها تعلم كل شيء " مين اللي قالك يا توتة ماهر؟ " كان سؤالاً غريباً، إذن فماهر زوج نجوى يعلم هو الآخر، إنها تعلم إذن ولم تخبرني وأعادت علي السؤال وقد امتلأت عينيها الواسعتين بالدموع فأخبرتها بما حدث بالتفصيل ولكن ما يزعجني أنني لا أعلم من هي المجرمة التي انتزعت زوجي من بين ضلوعي وكانت الإجابة الشافية عند نجوى فقد أمسكت بهاتفها الجوال وأخذت تضغط على أزراره وأعطته لي فإذا بصورة لزوجي مع امرأة ..... إنها " تولاي " ابنة خالته تلك الفتاة رائعة الجمال التي التقينا بها في تركيا . ذهبت معه لشرم الشيخ في أحد المنتجعات الهادئة ورآهما زوج نجوى فالتقط لهما العديد من الصور وقرر أن يخبرني لولا أن نجوى رفضت وهددته بطلب الطلاق إن أخبرني وكدر صفو حياتي.

دارت بي الدنيا وأنا أتفحص الصورة ووجدت ألسنة من اللهب تلفح رئتي وأنا أتأمل ذراعه التي تطوقها إن الصورة لا تكذب ولكني تمنيت أن تكذب في هذه اللحظة ، كنت أتمنى أن أكون في حلم وأفيق منه لأجد نفسي بين أحضانه وبداخل قلبه كما تعودت . كنت في نار احترق وأبكي وتذكرت ما كانت تشعر به خالتي عندما قرر زوجها أن يتزوج عليها وعذرتها ولأول مرة ووجدت أنها كانت صبورة متجلدة . كنت أعتقد

117

أنها تبالغ في ردة فعلها ولكنني كنت مخطئة، ولأول مرة اشعر بأنني طفلة بحاجة للحماية وممن من زوجي وحبيبي إلى من سلمته قلبي وجسدي وكياني وجعلت إحساسي خادماً تحت قدميه. يا للضياع ! أين ذهب كل ذلك الحب وكل تلك الكلمات الجميلة والمشاعر الدافئة كنت أنام لأحلم به مع عشيقته فأهب مفزوعة وقد التهب جسدي من شدة الحرارة التي أشعر بها فذهبت إلى طبيب ليصف لي شيئاً يبرد حرارة جسدي التي تهب عليه ألسنة النيران كأنني انتقلت من كوكب الأرض لأعيش على الشمس .

كنت عاجزة عن التفكير لا أعلم ماذا أفعل كان يتصل بي ليطمئن علي ويطلب مني الذهاب إليه لأنه اشتاق إلي فأتجلد وأخبره أنني مشغولة وأن أمامي فترة إلى أن أنتهي من عملي في تمريض خالتي وتشطيب بيت شقيقتي فعرض علي أن يأتيني فرفضت رفضاً قاطعاً متعللة بأنني مشغولة ولن أكون متفرغة له تفرغاً كاملا فطلب مني أن أنهي كل شيء بسرعة لأعود إليه فهو لا يتحمل بعده عني ... يا له من كاذب منافق !

عندما يكلمني أشعر بأنني أظلمه مازالت رنة الحب في صوته وتلك الكلمات الودودة مازالت تجري على شفتيه. هل يمكن أن أكون قد ظلمته ؟ لا ... لا أعتقد ولكن مازال قلبي الخائب يحن إليه ما زال يهفو إلى صوته ويجن لرؤية عينيه وأخذت أفكر هل يمكنني أن أهجره وأتركه عقاباً على خيانته لي ؟ إنني لا أقوى على هجره لو تركته فكأنما هجرت روحي .

كانت خالتي تخفف عني وتساندني وطرأ على بالها فكرة مجنونة أخبرتني أن أحاول إنجاب طفل آخر حتى يرتبط بي فإن الأطفال أقوى رابط يمكن أن يجمع بين رجل وامرأة

فلربما إن أنجبت يسترد عقله ويتذكر سابق عهدنا ويترك تلك المرأة التي اجتذبته كما يجذب المغناطيس قطعة من الفولاذ .

كان الطبيب قد أخبرني بأنني لا أعاني من أي مشكلة تسبب تأخر الإنجاب لذا قررت خالتي تجريب الوصفات البلدية وأنا أشعر كأنني مغيبة ضائعة كلما قال لي أحدهم كلمة أنفذها بلا وعي. كانت تلك الوصفات مؤلمة وصعبة وغير معقولة فقد أخذتني خالتي يوم الجمعة في الساعة الأولى للصلاة وذهبنا إلى المقابر ووضعتني داخل نعش وأخذت تهزه في عنف وهي تتمتم بكلمات غريبة وأنا بالداخل أرتجف ولا أقوى على المعارضة وشعرت ببدني يقشعر وبعد أن انتهت خالتي أخذتني من يدي إلى أحد الحقول المزروع على طرفها باذنجانة لأمر من وسطها عدة مرات والأكثر والأسوأ عندما طلبت مني أن التف بملاية لف وأخفي وجهي و أمر من بين مئات الرجال الذين يشيعون إحدى الجنازات .كانت تلك هي الكارثة .كان قلبي يرتجف وأنا أقابل عدداً كبيراً من رجال القرية يشيعون أحد الموتى ومررت من بينهم وأوسعوا لي مكانا فسيحاً لكي أمر من وسطهم فقد كانوا يحترمون العادات والوصفات البلدية ويعلمون أنني لابد وأن أكون زوجة مضى عليها سنوات ولم تنجب لذا لابد من أن يساعدها الجميع .

وعدت إلى منزل خالتي وقد انهارت قواي ودخلت إلى الحمام لأغتسل وأحاول أن أنسى ما حدث لي من إهانات بداية من النعش الذي حمل قبلي عشرات الموتى والمقتولين ونهاية بالجنازة. إنني لا أصدق إلى الآن أنني ذهبت للمقابر في تلك الساعة المخيفة وتمددت بداخل ذلك النعش وخلعت ملابسي في سرعة لأتخلص من أي أثر للمقابر على ملابسي فأنا أخشى المقابر ولا أدري لم أصبحت أخشاها فقد كانت من قبل سلواي، ولكنني أصبحت أخافها منذ أجريت جراحات التجميل كنت أخجل في الحقيقة من أن أقف أمام قبري والدي

بعد أن تخلصت من ملامحي التي يعرفانها جيداً خشيت أن يستنكرا ما فعلت بنفسي .

كنت أنفذ ما تقوله خالتي كأنني بلا عقل وذهبت معها إلى ساحر القرية وحكت له عما فعله زوجي بي وطلبت منه أن يجعله يكره كل النساء فيما عداي أنا وعلى الرغم من عدم اقتناعي بكلمة واحدة ورفض عقلي لتصديق كل كلماته إلا أنه أكد لي أن علاقته بها قوية ولكنها ستضعف وأنني سأكون أول وآخر نسائه . كنت أتمنى أن يصدق في كلامه فقد أخبرني زوجي أحد المرات أن إحدى العرافات قرأت كفه يوما وهو يدرس في فرنسا وأخبرته أنه سيتزوج امرأة يحبها لدرجة الجنون ويتزوجها ثم يفرقهما الموت وأنه سيتزوج بعدها فتاة من أقاربه وينجب منها ثلاثة أطفال . كان دائماً ما يتندر بهذه القصة ولكنني كنت أسعد بها فقد كنت أفضل أن أموت على أن يتركني اصطلي بتلك النيران وحدي .

أخذت الأحجبة وسافرت إلى القاهرة ذهبت إلى بيتي فلم أجده فأخذت أضع الأحجبة في الوسائد علقت أحدهم في التراس حتى يضربه الهواء يمنة ويسرة فيحرك قلبه ناحيتي يا له من هراء !

رتبت البيت ونظفته ورششته بماء مقروء عليه كلمات غير مفهومة واغتسلت بجزء من ذلك الماء وخرجت من الحمام أطلق البخور اليمني طيب الرائحة في أنحاء الشقة وصففت شعري وارتديت ملابسي وكنت قد أحضرت غداءً فخماً ملأته خالتي بأوراق السحر المنقوعة في الماء .

وذهبت إلى دار النشر فلم أجده وعلمت أنه في المطابع فجلست في مكتبه أقرأ عملاً لأحد الكتاب لأقيمه ، بعد قليل وأنا منشغلة في فك رموز النص غير المفهوم وجدته أمامي وصاح في سعادة :ـ مهرة شلونج يا بعد عمري . أووووف مهرة اشتاقيت لك حيل !

ذلك الكاذب المخادع مازال يعيش نفس الدور وكنت أصدقه أما الآن فقد تفتحت عيناي على حقيقته المرة . وتذكرت كلمات موال عراقي يقول " حاولت ألعب لعبتك وأظهر بصورة ملاك... ولبست ثوب الثعالب حتى أوصل مستواك..آني مو سيء أبد لكن أسلوبك جبرني... ألبس آلاف الوجوه حتى أخدع من خدعني "

فقررت أنا الأخرى أن أرتدي ثوب الثعالب حتى أصل لمستواه فابتسمت في وجهه وأخبرته أن الشوق يذبحني وفوجئت به يغلق باب المكتب ويضمني إلى صدره ضمة قوية فانتقلت الحرارة من صدره إلى رأسي مباشرة رغماً عني وفجأة وبدون مقدمات جرني من يدي كالطفلة وأخذني إلى البيت ليطفئ لهيب شوقه إلي كنت سعيدة جداً عندما قال لي " مهرة شعلتيني شعل " وقلت في نفسي تذوق ولو جزءاً بسيطاً من النار التي أكتوي بها ليل نهار ولكني لم أصدقه واعتقدت أنه تأثير الوصفات والأحجبة والتمتمات ولم أتخيل ولو لواحد في المائة أنه نتيجة للشوق الحقيقي النابع من الحب لقد انتهى حبه لي وهذا ما تأكدت منه عندما سمح لامرأة أخري بأن تحل محلي في فراشه .

ونفذت وصايا خالتي بأن أكون دائماً بجواره أعامله برقه ورومانسية وألبي كل احتياجاته إنني مصممة ألا أخسره مهما كلفني الأمر فإن خسرته فلن يتبق لدي شيء.

راودتني فكرة غريبة طلبت من نجوى أن تصادق عشيقة زوجي وطلبت منها أن تكسب ثقتها لتعلم تحركاتها وأعلم تحركاتها وتحركاته وأعطيتها إيميل " تولاي " ولم تكذب نجوى خبراً ودخلت على الانترنت وتعرفت عليها على أنها فتاة لبنانية مغتربة تعيش في لندن للدراسة واستغلت نجوى إجادتها للهجة اللبنانية وحادثتها على المايك وعرفت منها أنها تعيش في العراق في كركوك بالتحديد تسافر إلى تركيا

دائما فهي مولودة في تركيا . كانت تستدرجها لتتحدث عن حياتها الخاصة ولكنها كانت ذكية لم تنخدع بحكاياتها عن قصص الحب التي عاشتها نجوى وشيئاً فشيئاً بدأت تثق فيها خاصة بعد أن كلفت نجوى إحدى صديقاتها بأن ترسل لتولاي هدية فخمة من لندن تحمل اسم نجوى المستعار ولكنها على الرغم من فخامة الهدية لم تحك لها أي شيء عن "ذي الفقار " لدرجة أنني قلت ربما أكون مخطئة وأنها ليست المرأة التي خطفت مني زوجي .

مرت الأيام ومازال زوجي على نفس الحال مازال ينفرد بنفسه كثيراً ليجلس على الانترنت أو ليتكلم في الموبايل. في الحقيقة كان هذا الموبايل هو ما نبهني إلى أن هناك ما يقلق كان دائماً ما يترك الموبايل في مكتب تريزا سكرتيرته عندما يذهب للصلاة أو إلى المطابع لتتولى هي الرد أو أرد أنا بالنيابة عنه أما الآن أصبح يرافقه حتى وهو نائم لدرجة أنني قلت له أحدى المرات أن الموبايل أصبح ينافس المسدس في مدة حملك له فابتسم ولم يرد، فقد كان يحتفظ بمسدس برونك منقوش عليه صورة لصدام حسين بالذهب وكان ملكاً لوالده وأهداه الوالد له لكي يتذكره به دائماً . كان هذا المسدس يرافقه في كل مكان ليل نهار ولا أدري ما هو السبب الذي يجعله يحمل سلاحاً مخيفاً كذلك المسدس فأخبرني أنها عادة لديهم أن يحمل كل منهم سلاحاً ليدافع به عن نفسه . كنت أحياناً أحسد ذلك المسدس الذي يحمله على قلبه فأخبرني بأنني لا أحتاج أن أكون قريبة من قلبه لأنني أحتل قلبه بالفعل.

كم كنت غبية أنخدع بمعسول كلماته وأصدق على الفور كل كلمة تخرج من بين شفتيه اللتين كنت أغرم بهما وبكل حركاتهما وسكناتهما .

عندما كنت أنام كان يذهب إلى مكتبه ويغلقه جيداً ويحادثها طويلا ، إحدى الليالي تظاهرت بأنني غارقة في النوم فذهب ليحادثها وتنصت عليه من التراس وسمعته يغدق عليها ألقاب ما أنزل الله بها من سلطان واشتعلت النيران في قلبي وهو يحادثها بكل رقة ويبثها أشواقه ولوعته وشعرت بدمي يحترق دخلت إلى الحمام لأغتسل فلربما تلطف برودة الماء من نيران جسدي ولكنني كدت أموت وأنا أتذكر همسه لها وكلماته شديدة الرقة.... ذلك الحقير ! لقد أمطرني بوابل من تلك المشاعر منذ قليل من أين يأتي بكل هذا الإحساس ليغمر امرأتين بكل تلك المشاعر.

كنت أتقلب في فراشي كالمذبوحة أحاول أن أنام وصداع قاتل يفتك برأسي وقلب ذبيح بصدري يلفظ أنفاسه الأخيرة، وأخذت أبكي ولم أستطع التحمل، أتقلب على كل جنب فلا أستريح كسمكة على النار ونيران تحرق كبدي، ولا أستطيع الصراخ واشتد علي الصداع حتى كاد رأسي ينفجر وشعرت بأنني أفقد الإحساس بجسدي تدريجياً ولا أدري ماذا حدث لم أشعر سوى بحبيبي الخائن وهو يدخل مسرعاً ويسألني عما أصابني وأنا أصرخ في هستيرية وفي لحظات كان قد اتصل بأحد جيراننا وهو طبيب وأتى الرجل كالبرق وبعد أن فحصني طلب منه نقلي فوراً لأقرب مستشفى فقد ارتفع ضغطي لدرجة يخشى على حياتي معها وخلال دقائق كنت قد نقلت إلى المستشفى .وحاول الأطباء أن يخففوا ألمي الجسدي كنت كمن أموت لقد رأيت الموت ليلتها بأم عيني رأيت فزع الأطباء والممرضات وشعرت بقلبي الذي كاد يتوقف لم أخش الموت ولكنني كنت أخشى على حبيبي الذي سرقته مني عاهرة رخيصة لا تعرف معنى الرحمة أو الحب .

كان الجميع يفكرون كيف يخفضون من ارتفاع ضغط دمي حتى يعمل قلبي ومخي بطريقة طبيعية ويخشون على

123

حياتي أما أنا فقد كنت أفكر فيه فهو حياتي. هو من أعطاني الحياة وهو من يسلبها مني .

طلب الطبيب مني ألا أغمض عيني وأن أبقى متيقظة ولكنني كنت أغالب الدخول في غيبوبة ونادي الطبيب زوجي حتى يحادثني لأظل منتبهة. كنت قد هدأت ولكنني لا أشعر بنفسي كنت كمن حلقت فوق الفراش الذي أنام عليه ، مفتوحة العينين لكن لا أشعر سوى بأشياء بسيطة أسمع الأصوات بعيدة ،ما أثار حيرتي وأنا في هذه الحالة أنني لم أنس أن زوجي يخونني وكنت أسخر من توسلاته لي بأن أظل مفتوحة العينين وألا أذهب في غيبوبة لأن معنى الدخول في غيبوبة هو فقداني للحياة تقريباً . وفجأة وبعد أن كان الأطباء يصلون لخفض ضغط الدم لدي، حقق لهم دمي ما أرادوا وانخفض لدرجة هددت بتوقف القلب وهذه المرة أغمضت عيني ولم أشعر بأي شيء حتى عندما صعقوني بجهاز الصدمات الكهربائية لم أشعر وإلى الآن لا أتذكر ما حدث .

بعد عدة أيام قضيتها في غرفة العناية الفائقة أخبرني الطبيب أن ما حدث لي هو معجزة فقد كنت ميتة فعلاً ووهب الله لي الحياة مرة أخرى .

عندما أفقت فتحت عيني لأجد زوجي ممدداً على الأريكة المواجهة لفراشي فناديته في ضعف فهب من مكانه وقد شحب وجهه وطالت لحيته وأصبح كوجه شخص نزف كل دمائه. شعرت بالأسى لحاله فأنا من تسببت له بهذا الألم البادي على وجهه ، أمسك بيدي في رقة وقبل باطن كفي ثم قبلني وكاد يحتضنني لولا أن آلمتني الأنابيب الموصولة بجسدي فاعتذر لي ، لا أدري إن كان يعتذر عن خيانته وما فعله بي أم فقط يعتذر لأنه آلمني عندما هم باحتضاني ، وإن كان يعتذر لي عن شيء بسيط مثل هذا ماذا سيفعل عندما يعلم أنني اكتشفت خيانته هل سيجثو على ركبتيه ويطلب مني

أن أسامحه ؟ أم سيشنق نفسه حتى يكفر عن ذلك الجرم الذي ارتكبه في حق زيجتنا ؟

ظللت في المستشفى إلى أن تحسنت حالتي وعدت إلى بيتي ولا أدري لم كان زوجي يرافقني دائماً ولم يمسك هاتفه إلا قليلاً ، لم يذهب إلى العمل كان كل اهتمامه منصباً علي حتى أنه رفض طلب خالتي بأن تأخذني لديها حتى تستطيع مراعاتي . كان يطعمني بيده ويعطيني الدواء ويشرف على الممرضة وهي تركب لي المحاليل والأكثر كان يغمرني بحنانه الذي افتقدته وأخذ يحكي لي عن شعوره عندما توقف قلبي وأنه شعر أن قلبه هو من توقف وأنه عندما رأى مؤشرات الأجهزة تدل على أن قلبي استعاد نبضاته كأنما عادت روحه للحياة قالها لي بصراحة إنني الروح التي تحل ببدنه وأنه مهما حدث لن يسمح لتلك الروح أن تغادر جسده طالما كان الأمر بإرادته ، وشعرت أنه يلمح لشيء ما يبدو أنه انتبه أنني سمعته يحادثها أو ربما يسبق لمعرفتي أو ربما يكون فعلا ما زال يحبني . ... لقد تعبت من التفكير وأردت أن أستريح ولا شيء يريحني.

بعد مدة استرددت صحتي وطلب مني الطبيب ممارسة حياتي العادية ولكنني لم أعد كما كنت لقد مات شيء ما ليلتها بداخلي ولم يستطع جهاز الصدمات الكهربائية أن يعيده للحياة مرة ثانية . لقد فقدت كل أحاسيسي أصبحت قطعة من الحجر أصبحت مشاعري باردة كالثلج لم أعد أمثل ذلك المسلسل المثير كلما داعبني زوجي وفاض به الكيل أحيانا يتفهم ما مررت به وأحيانا يثور ويغضب كان دائما يسمعني أغنية " غالية " لكاظم الساهر وهي أغنية تصور تبدل معاملة زوجة لزوجها المحب فأبتسم في برود إلى أن أصابه الجنون ، كنت أعذره أحيانا فلم أعد أمنحه من أحاسيسي ومن مشاعري كل ما أستطيع ، لم أعد أتأثر بحديثه الحاني ولا

لمساته المثيرة وتعب من كثرة محاولاته معي وأنا لا أستجيب . لم يكن الأمر بيدي كانت مسألة لا إرادية بحته. لا أشعر به أصلا فكيف أستجيب لشيء لا أحسه . وبدأت المسألة تأخذ الطابع الجدي وطلب مني زيارة طبيب نفسي فرفضت فأنا لا أعاني من أي شيء ، فقط يرفض إحساسي الاعتراف به كرجل .ذلك كل ما في الأمر وجاء ليتحدث معي كعادته في الأمور الخطيرة وليسألني عما أصابني فلم أعد تلك المتوقدة الثائرة خبت جذوة مشاعري وانطفأت أحاسيسي وسألني وألح علي في السؤال ولم أجد كذبة مقنعة ولكنني أخبرته أن هذه الحالة ربما تكون نتيجة للوعكة الصحية التي أمر بها فأخبرني أن هذه الوعكة لم تكن بلا سبب وأن الأطباء أخبروه أنني لابد وأنني تعرضت لموقف شديد الصعوبة تسبب في أزمة نفسية سببت ما حدث وضغط علي ليعلم ما حدث تلك الليلة ولكنني لم أعطه الجواب الشافي لقد كنت نائمة وأفقت على صداع قاتل ذلك كل ما حدث ، نظر إلى في شك ولكنه لم يتكلم وأخبرني أنه سيسافر لمدة أسبوع ويريد عندما يعود أن يجدني كما كنت في السابق .

بذكر كلمة السفر اشتعلت أعصابي ولم أسأله إلى أين ولا مع من واتصلت بنجوى حتى تستدرج " تولاي " وتسألها عن مكان اللقاء . لم أعد اهتم بشيء سوى بذلك الموضوع لم أعد آكل ولا أشرب ولا أتنزه حتى صحتي أهملتها فالأولوية لدي لزوجي الخائن كنت أرجو أن أواجهه ولكن إن واجهته بلا دليل سيكذبني لابد أن أراه معها حتى نتواجه ووقتها أخيره بين تلك العلاقة الآثمة وبين زواجنا .

جهزت له حقيبة ملابسه ودخل هو ليغتسل و بالصدفة وجدت في الجاكيت الذي كان يرتديه مفتاحاً غريباً ليس لشقتنا و أخذت المفتاح أخفيته ولم يبحث هو عنه ونزل إلى

العمل وذهبت أنـا إلـى أحـد محـال تصنيع المفـاتيح ونسـخت المفتاح وأخذت نسختي وأعدت المفتاح إلى مكانه .

جاء ليودعني قبل سفره وأخذ حقيبة سفره وكانت نجوى في الأسفل تنتظره وسـارت خلف التاكسي الـذي أقلـه إلـى المطار بدون أن يراها فقد أخبرتها تولاي أنها في طريقها إلى القاهرة وسألت نجوى في المطار وعرفت موعد قدوم الرحلـة الجوية التي ستأتي على متنها .

ذهب "ذوذو " إلى المطار وأخذها إلى إحدى الشقق المفروشة الفخمة التي تطل على نيل الزمالك . وسألت نجوى البـواب عن رقـم الشقة ومـا أذهلني أنهـا استأجرت الشقة المجاورة لشقة الحب تماماً ،

أخبرتني نجوى بكل التفاصيل والمعلومات وأخذت أجهز نفسي للمفاجأة الكبرى معي مفتاح الشقة وهو و عشيقته في الـداخل ولابـد أنهمـا لا يقـضيان معظـم وقتهمـا فـي العبـادة والصلاة . وقررت أن أضع حدا لكل ذلك الألم وكل تلك المعاناة .

كنت أعلم أنها خطوة صعبـة بـل مرعبـة أن أجعلـه يقف أمامي كالطفل المذنب وأن يفقد احترامي له. إنها خطوة تعني النهاية ولا شك. فكرت وفكرت وتجرأت وتشجعت وذهبت إلى الشقة التي أجرتها نجوى وقضيت بها وقتـاً طويلاً أرصد كل تحركاتهما من التراس المجاور .

أفطر معها في التراس وأمامهما مشهد النيل الـذي يخلب اللب واستمعت لحوارهما كانت كلماته لها رقيقة حنونـة محبـة . أخذها وخرج لا أدري إلى أين كان يستقل سيارة " نـادر " وهو أحد مساعديه وكان يثق به ثقة عمياء لا بـد أن نادر هو الآخر يعلم أنه يخونني معها .

في المساء عادا إلى الشقة وسمعت أنغامـاً رقيقة لأغنيـة القيصر " ضـمني على صـدرك " يـا لـسخرية القـدر! إنهـا

أغنيتنا المفضلة عندما نتأهب لقضاء ليلة حب دافئة ! إنـه لا
يغير عاداته بتغير المرأة التي معه .

كانت الثواني تمر بطيئة ودقات قلبي تهدر كالبحر الهائج
وأنا أستمع لضحكاتها المثيرة ثم توسلاتها لـه فيما بعد. كنت
أموت بل شعرت بشعور أسوأ من الموت اعتلت الغشاوة نور
عيني فحجبت عني الرؤية لدقائق وتدمرت أعصابي . إنهـا
اللحظة الحاسمة التي أنتظرها ، إنه الوضع المثالي الذي يجب
أن أضبطه بـه وترددت كثيراً فلقد خشيت أن يفقدني هـول
الموقف وعيي وربما حياتي والأهم يفقدني حبي لـه إنني ما
زلت أحبه إنني غاضبة حانقة ولكن غضبي وحنقي ينبع من
حبي الشديد له .

وجمعت شجاعتي وخرجت من الشقة وذهبت أمـام بـاب
شقتهما وأنا أرتجف ووضعت المفتاح في الباب بهدوء ولكن
يدي كانت ترتجف وتماسكت وأخذت نفساً عميقاً فما سأجده
بالداخل أبشع مـن مـشهد اكتشاف وجود قتيل. كنت أصلي
وأدعـو الله ألا يفتح بـاب الـشقة حتـى أجرجر أذيال خيبتـي
وأعود إلى منزلي أعد الدقائق انتظر عودتـه إلي ولكن بـاب
الشقة خيب ظنـي وفتح وبخفة تسللت إلى الداخل إلى غرفة
النـوم ذات الـضوء الخافت حيث كـان البـاب مـوارباً فهو لـم
يتخيل أبداً أن يدخل أحد عليه .

ووقفت أشاهد العرض الساخن مـن بعيـد وجمعـت
شجاعتي وسيطرت على نفسي وفتحت الباب برفق ووقفت
وانتبهت هـي لوجـودي فـصرخت وأمـسكت بـه فـي رعب
وأشارت إلي ، كان موقفاً لا يحسد عليه أبداً ولأول مرة أجد
هذا الكم من الدهشة بعينيه الأخاذتين ولم ينطق سحب الروب
وارتداه وأنا مسمرة بمكاني لم أفقد أعصابي لم أصرخ بل
تجمدت بينما تعالى صياحها وهي تسألني عمن أكون فأجاب

في هدوء يحسد عليه " هذيج مهرة مرتي " وسألته في دهشة " ومنو انطاها المفتاح أنت ؟

نظر إليها في نفاذ صبر واقترب مني ليمسك بذراعي ولكنني شعرت بالغثيان عندما اقتربت يده مني ، ونفرت منه ولم أنطق كلمة واحدة فجذبني من ذراعي بالقوة لأواجهه ولكنني دفعته عني في قوة غريبة . إنني لم أطق أن يقترب مني وهو يحمل آثار امرأة أخرى إنني أكرهه ولأول مرة بحياتي أشعر أنني أكرهه كان مقدار الذل في عيني أكبر من أي مقدار جمدت الدموع في عيني وهو يحاول أن يقترب مني وأنا أبتعد إلى أن فقدت صوابي وصفعته على وجهه صفعة أفاقتني من غيبوبتي التي كادت تأخذني للأبد ولم أتصور أن تلك اليد التي صفعته على وجهه الذي أعشقه هي يدي. كان رده مباغتاً فقد رد على صفعتي بعدة صفعات أدمت وجهي وثار جنونه ودفعني دفعة صدمتني بالحائط الذي آلم ذراعي وكتفي فسقط على الأرض أتألم . لم يكن في وعيه أبدا اعتقدت أنه كان تحت تأثير الخمر و قد طغت الثورة على عقله وتفكيره وصرخ فيّ في جنون "شجابك عليّ شتريدين ها؟!"

وعلى الرغم من الآلام التي انتشرت في جسدي رددت في قوة " أنا مش جايه عشانك،أنا جايه بس عشان اكتشف خيانتك ،أشوفك بعيني في الموقف ده عشان أحطم التمثال اللي عملتهولك و أثبت لنفسي إنك ما تستاهلش حبي ليك. أنا آسفة إني قاطعتك أتفضل كمل عشان عشيقتك الغالية ما تزعلش منك أصل هي اللي تليق بيك ، انت مش عايز علاقة طاهرة في الحلال ما ينفعكش غير الدنس اللي انت عايش فيه .

أمسك بي من على الأرض في قسوة وقال في لاوعي " هذيج مو عشيقتي، تولاي مرتي وحبي عرفتها قبل ما أعرفج قبل كل شي ما تغلطي عليها وإلا طيحت حظج "

وصرخت في صدمة " مراتك؟؟؟" فقال في قوة : " إي مرتي وحبيبتي ، تولاي يا بعد عمري شوفيها عقد الزواج مالنا "

وقامت تولاي وهي شبه عارية وأخرجت صورة للعقد من حقيبة يدها ووجدت جسدي يرتجف رغماً عني وخانتني عيوني وأنا أرى اسمها محل اسمي في عقد الزواج وبكيت وقمت لأذهب وأغادر ذلك المكان الذي شهد انهيار أروع وأجمل مشاعر عاشتها امرأة . امرأة اعترفت لحظتها أنها كانت مخدوعة .

كان حجابي قد سقط عن رأسي ونزفت شفتي وجرح جبيني ولم أشعر وأدرت له ظهري لأغادر فنادى في رفق " مهرة " فلم أرد فقال " مهرة بس دقيقة أبدل هدومي وأروح وياج "

لم أرد ومشيت وأنا تائهة وتركته وتركت معه كل أحلامي وآمالي، دفنت لحظتها كل حياتي. لقد ضاع مني للأبد لقد كان يحبها قبلي إذن فهو لم يحبني أصلاً، إذا كان يحبها هي لم تزوجني وارتبط بي ؟ هل تزوجني فقط ليفرغ طاقاته ؟وما كان ذلك الحب ؟ كان خديعة عشت فيها مغمضة العينين ؟ كل تلك المشاعر كانت هراء ؟ ألم أكن مرساه مثلما كان يغني لي ؟ كان دائما ما يغني لي ويقول في عذوبة " أضعف قدامك بس أنت .... واتمالك نفسي بهالسكتة .... نظراتك تحرجني وأنسى ....وين تودني اليامرسى" كان يخدعني لم يحبني قط كان كل ما فعله معي من رقة وحب ورومانسية خداعاً .

كنت أمشى في شوارع القاهرة كالتائهة أين أذهب ؟ إلى بيتي الذي لم يعد بيتي ؟ إنه وكره هو وليس عشي . بيتي كان المكان الذي أسرني فيه وضيع فيه زهرة شبابي . لا أعرف لي مأوى في القاهرة ولا أخ ولا أخت ولا أهل وليس معي أي مبلغ من المال فقد تركت حقيبة يدي في شقة الحب وبينما أنا أسير على غير هدى وقفت لي سيارة بداخلها شاب نادى على إنه ''رأفـت'' أحـد مـساعدي زوجـي وهـو زوج تريـزا السكرتيرة .

نزل رأفت من السيارة وسلم علي وسألني عن وجهتي فتلعثمت كنت شبه فاقدة الوعي عرض علي أن يقلني إلى بيتي ولكنني رفضت وطلبت منه أن يوصلني إلى أحد الفنادق ثم تذكرت أنني لا أحمل مالاً فعدلت عن رأيي وأخبرته أنني سـأعود مـشياً . كـان ينظر إلي في فـزع كنت بـلا حجاب والكدمات تملأ وجهي فطلب مني أن أرافقه لبيته وركبت معه الـسيارة ولـم أشـعر بنفسي سـوى ببيته مستلقية على أحد الأسـرة وبجـواري تريـزا التي أحضرت الطعام ولكنـي لـم أستطع تذوقه وطلبت منها أن تنادي زوجها الذي أتى في سرعة وجلس على مقعد مواجه للفراش فطلبت منه ألا يخبر زوجي بمكاني وألا يخبره أنه رآني أبداً فأنا أريد أن ابتعد عنه حتى يصفو ذهني وأستطيع التفكير بعقلانية ودون انفعال على الرغم أنني أشك بل أجزم أنه بعد ما حدث لم يعد لدي عقل على الإطلاق .

تركتـني تريـزا لأنـام فلـم أستطع كلمـا أغمـضت عينـي تذكرت المشهد المؤلم . لقد رأيته وهو يضم امرأة أخرى بين جوانحه يحتوي كما احتواني من قبل ، يمنحها من جسده ومشاعره ما منحني . ويدللها كما يدللني .

كنت حزينة أتألم لأنني ظننته يخونني مع عشيقة يمكن أن يملها بأي وقت ويعود إلى أحضاني أما الآن فالأمر تغير

131

لأنه لم يعد يخونني فقط بل سلب حقي الشرعي في قبول زواجه أو رفضه. كنت أتألم لأنني أظن أن تولاي عشيقة يسهل على الإطاحة بها أما الآن فالرابطة بينهما أقوى من ألمسها ، لا أستطيع أن أطلب منه أن يطلقها لقد اعتدت علي وخطفت مني زوجي ولكنني لا أستطيع أن أفعل بها ما فعلت بي . لا بد أن أنسحب أنا من حياته لابد أن أتمنى له السعادة مع زوجته الأخرى وحبه الأول ، لا بد أن أفسح له المجال ليعيش معها تحت سقف واحد بدلا من أن يلتقي بها في الخفاء وبدأت أتيقن أنه لم يحبني أبداً كانت العلاقة بيننا علاقة جسدية فقط وليست روحية كل تلك المشاعر ربما كانت غلافاً فاخراً لتلك الرغبة البركانية المتوقدة ، لم أشك لحظة في زيف تلك الأحاسيس ولكنني تأكدت أنني أعيش أروع كوابيسي على الإطلاق .

كم تمنيت أن يدوم ذلك الكابوس المحبب إلى قلبي للأبد . لقد حولني من فتاة مسكينة تشعر بالنقص إلى امرأة كاملة ناضجة تؤمن بكل إمكانياتها ، الآن سلبت مني ثقتي بنفسي وبجسدي وبموهبتي التي هجرتها بل أعتقد أنني فقدتها كما فقدته ، فيما مضى كنت على استعداد لأن يقتلع أحدهم كبدي ويتركني بلا حياة في مقابل أن يكون وجه ذو الفقار هو آخر وجه محب أراه .

كم كان رائعاً حنوناً محباً دافئاً هل يعقل أن يكون كل ذلك زيفاً وخداعاً ؟

لم يمر على زواجنا سوى وقت يسير وتزوج علي . تزوج علي وأنا ما زلت في شرخ الشباب ، ما زلت فتية فوارة ثائرة ،ماذا سيحدث لو كبرت بالسن وذبل شبابي وتجعد وجهي هل سيقتلني برصاصة الرحمة مثل خيل الحكومة الهرمة ؟

هل رأى تفيدة بداخلي فنفر منها ؟ ولكن ما عيب تفيدة إنها إنسانة ذات قلب كبير يحمل العالم كله فيه . لم تخطيء تفيدة . كانت تتواري في ركن بعيد مظلم لا تظهر أمامه أبداً خجلا من أنفها الكبير ونظرها الضعيف ووجهها الممتلئ. إن رؤية تفيدة لا تسمح له بفعل ما فعل إنني ما زلت تفيدة لم يتغير في سوى القليل . عينيّ تفيدة هي ما أثارت جنونه في أول لقاء بيننا وجعلته يسأل هل هي عينيك الحقيقية ؟ أم عدسات فهو لم ير من قبل امرأة يختلف لون كل عين عن الأخرى ، جسد تفيده هو ما أثاره ، الطول الفارع والشعر الأسود الطويل الذي كان يغضب إن عقصته كان دائما ما يحبه ثائراً مجنوناً .لماذا أبحث دائماً عن عيب في أنا ؟ إنني طيبة المعشر لينة العريكة هو من غدر. العيب بداخله هو وليس بي . إلى متى سأقحم تفيدة في معاركي الخاصة ألم أكتف بما فعلت بها ؟ ما الفرق بيني وبين تفيدة   إننا شخص واحد .... يا إلهي ترى هل علم أنني بدلت ملامحي ولم أخبره؟....... ولو... هذا لا يعطيه الحق في فعل ما فعل.

كنت أظن أنه سيخجل ويضعف عندما أراه في هذا الوضع مع تولاي ولكنه لم يغضب كان هادئاً كنت أظنه سيمسك بي ويحتضنني ليهدئني بعد أن رأيت بأم عيني عقد زواجهما . لقد تم في العراق إذن كان هذا سبب عدم اتصاله بي كل تلك المدة الآن حصحص الحق وظهر أمامي كل شيء . الآن يجب أن أقرر مصيري بيدي، ماذا سأفعل معه هل أطلب منه الطلاق ؟ هناك نتيجتان لطلب الطلاق إما أن تكون ورقة ضغط ليترك الأخرى ويعود إلى قلبي ـ الذي أفرغ كل دمائه وبقي فارغاً لا أهمية له ـ ليعيد إليه النبض والحياة وإما أن تأخذه الكرامة ويوافق على الطلاق والمشكلة أنه ليس لدى أي خيار آخر فأنا مهرة جامحة لا تقبل أن تشاركها مهرة

أخرى في فارسها الأثير . ليس أمامي سوى تلك الورقة لألعب بها وليساعدني الله وليجعلني أتحمل النتيجة بصبر .

لا أعرف كم من الأيام قضيت لدى تريزا وزوجها ظللت نائمة طوال الوقت لا أصحو وهو يبحث عني كالمجنون في كل مكان ولم يتصور أبداً أنني عند تريزا ورأفت .

لم تكن تريزا سكرتيرة زوجي فحسب وإنما صديقتي أيضاً منذ ذهبت أول مرة لدار النشر عاملتني بلطف ورقة فدخلت قلبي وصارت صداقة عميقة . من أجلها دخلت الكنيسة لأول مرة لأحضر القداس الذي أقيم بمناسبة وفاة والدها كانت صديقتي المقربة كانت اجتماعية طيبة حنونة حكت لي كثيراً عن الديانة المسيحية حتى أشبعت فضولي ولم تصطدم عقيدتنا أبداً فأنا أحترم عقيدتها وهي تحترم إيماني. كان بيننا من الود ما يجعلها في مرتبة شقيقتي الثالثة لن أنسى لها أبداً عندما وضعت طفلي الأول كاظم ومات. كانت تأتي يوميا لتشرف على بدوية وهي تنظف الشقة وتعد لي الطعام بنفسها كما كانت سكرتيرة لا أخشى على زوجي منها.

مرت أيام لم أكن أعلم فيها شيئاً عما يحدث خارج الجدران التي حبست نفسي بداخلها فليس لدي أي وسيلة اتصال بالعالم الخارجي . أحد الأيام اتصلت نجوى بتريزا وأخذت تستحلفها بكل عزيز وغال أن تخبرها إن كانت رأتني في مكان ما فزوجي يبحث عني في كل مكان وقد ثار جنونه لدرجة أنه سأل في كل المستشفيات وأقسام الشرطة وذهب إلى قريتي ليبحث عني وأمسكت به خالتي لتسأله عن سبب اختفائي ولكنه لم يعطها إجابة شافية فقط قال لها كلمة واحدة " تكاونا " وأشرت إلى تريزا أن تعطيني سماعة التليفون حتى أطمئن نجوى وما أن نطقت بكلمة " ألو " حتى بكت نجوى وسقطت السماعة من يدها وخلال دقائق كانت عندي في بيت تريزا وجلست معي لتعرف ما حدث بالتفصيل وحكيت

لها كل شيء وكانت صدمتها كبيرة فلم تتصور أبداً أن يكون زوجي قد تزوج امرأة أخرى بعد كل ذلك الحب لقد كانت تتمنى زوجاً محباً حنوناً مثله ، وحكيت لها عن ضربه لي فضمتني على صدرها وطلبت مني ألا أخبر خالتي حتى لا تصاب بأزمة قلبية من فرط الانفعال فلطالما نصحتني قبل زواجي منه بأن " الجدع الحليوة أبو قصة ده مش بتاع عيشة " .

أخبرتني نجوى بأن هالة في الطريق إلى مصر ولابد أن أذهب لألاقيها بالمطار حتى لا تقلق علي وتركت منزل تريزا وذهبت مع نجوى إلى شقتنا القديمة لأغتسل وأرتدي ملابسي وذهبت إلى المطار لأقابل أختي وزوجها وصغارها .كان بيتها ما يزال في الأطوار النهائية للتشطيبات فمكثوا في بيتي بينما جلست أنا لدى خالتي . واتصلت خالتي بزوجي وأخبرته أنني عدت ــ لم أكن قد أخبرتها بما حدث ــ وجاء ذو الفقار في اليوم التالي وطلبت مني خالتي أن أخرج إلى زوجي حتى لا يذهب لعشيقته ويتركني معلقة وضحكت في مرارة فهي لا تعلم أنها زوجته وارتديت عباءة سوداء وطرحة سوداء ولم أخف التشوهات التي سببها ضربه لي وخرجت إليه ، لم أسلم عليه ولم ألق عليه التحية فقط دخلت وجلست على أحد الأرائك ولم أتحرك . لم أرفع عيني لأواجهه خشيت إن التقت عينيّ بعينيه أن يثير ذلك اللقاء كل الحب المضغوط بداخلي فينفجر دفعة واحدة وأفقد فرصتي في تحديد مصيري.

ظللت جالسة مطرقة أنظر إلى الأرض بينما كان يدخن سيجاراً فاخراً وظل فترة مطرقاً إلى أن قام من مكانه وجلس بجواري وهمس باسمي في رقة فلم أرد عليه اقترب أكثر ووضع يده علي فانتفضت كالملسوعة وقلت في جفاء أحسد نفسي عليه :ـ انت عايز مني أيه ؟ أيه اللي جابك هنا ؟

قام ليضمني من الخلف وهمس في حنان لم أعد أصدقه على الرغم من محاولاته الجادة لإقناعي به " جيت على مود أعتـذر مـنج وأراضيج مهرة حبيبتـي آنـي كنت ذاك الليلـه سكران مو بحالتي الطبيعية . اقبلي عذري عزيزتي "

أبعدته عني في خشونة وقلت في سخرية :ـ عزيزتي ؟ ما تعبتش من المسرحية اللي انت بتمثلها دي ؟ كفاية بقا انت ظهرت على حقيقتك قدامي .

قاطعني في نفاذ صبر :ـ مهرة شتريدين؟ اطلبي أي شي بنطيج هو .

قلت في شراسة اكتشفتها في نفسي مؤخراً .... لا لقد ظللت أيـامـاً أتعـود عليهـا لتخرج طبيعيـة :ـ أنـا عـايزة منك حاجة واحدة بس .

قال في سرعة :ـ أؤمريني وتدللين عمري .

قلت وقد خشيت أن تخونني دموعي :ـ عايزة أتخلص من الشيء الوحيد اللي بيربطني بيك .

قال في فزع :ـ شنو؟

قلت في قسوة :ـ العقد اللي بينـي وبينـك اللي كتبـه المأذون. ده بس اللي بيني وبينك .

قال في رقة :ـ لا مهرة لا عيني لا تقولين هيجي أبداً انت داتحبيني تموتين بي أعرفج كلش زين وأنا أحبج همين .

ضحكت ساخرة فخرجت الضحكة ضعيفة بـلا ملامـح وقلت في مرارة :ـ انت بتحب العراقية ... أنا بس كنت مسكن لغاية ما تتعطف عليك وتتجوزها .... لو كنت بتحبني ما كنتش عملت كده في .. مـاكنتش أشـوفـك في حضن واحدة تانيـة غيري . انت ما تعرفش الحب أصلاً !

أشعل سيجاراً آخر وقال وهو ينفث دخان السيجارة في بـطء كعـادتـه عنـدما يكـون غاضبـاً ويحاول أن يخفي غضبه وأخذ يحكي لي ما حدث بالتفصيل ... كانت قريبته غنية جميلة

كان يحبها وقرر أن يتقدم لها بعد أن أنهى دراسته الجامعية فرفضه والدها فصدم وسافر لإكمال دراسته في فرنسا وتزوجت هي من شخص آخر وعاشت في تركيا مع زوجها الذي لم تستمر حياتها معه وانقطعت صلته بها وتزوجنا ومضت الأمور طبيعية إلى أن التقى بها على البحر واشتعل حبه القديم مرة ثانية وقرر أن يتزوجها خاصة أن والدها قد توفى وأصبح الجو مواتياً لكي يفوز بها وكلمه والده ليخطبها له وتمت الخطبة وتزوجا . كانت تعلم أنه متزوج من فتاة مصرية ولم تعارض يبدو أنه وعدها بالتخلص مني بعد أن يجد وسيلة مناسبة للابتعاد عني وهأنذا قد وفرت عليه مشقة المحاولة وقلتها له بكل بساطة لم يرمش لي جفن وأنا أنطقها " طلقني " وصعق عند سماعه لهذه الكلمة وسألني في هلع " تريدي تتركيني مهرة؟ تريدين أطلقج؟؟

وتحجر قلبي وأنا أقول في كبرياء ريفي مميز :ـ مفيش بعد حرق الزرع جيرة "

ـ مهرة آني مو جيرانك آني حبيبج .قلبج الل بصدرج .... قاطعته في ضراوة :ـ بعد ما تتجوز علي وتخدعني شهوراً طويلة وتعيشني في النار وتقتل حبي ليك بايدك وتمد إيدك علي قدام مراتك مالناش عيشة مع بعض .

ـ مهرة لخاطر الله اهدي خلي نسولف بالعقل .

ـ آسفة مفيش تفاهم .

ـ أوووووف مهرة خللي نروح بيتنا ونسولف ونتعاتب .

ـ قصدك بيتك انت مش بيتي مفيش بيت بيجمع بيني وبينك .

ـ مهرة أرجوج لخاطر الأيام الحلوة ما تحجين هيجي حجي .

ـ ذوذو . كلمة واحدة بس هقولهالك . أنا هنا في بلدي لغاية ما تطلقني ...لو ما طلقتنيش خلال شهر من النهارده هاطلب الطلاق بالمحكمة .

كانت صدمته أكبر من أن يرد علي فقط نظر لي في استنكار وجلس على أحد المقاعد على أمل أن يثنيني عن قراري ولكنني قلت في برود :ـ ياللا قوم روح تلاقي المدام مستنياك على نار .

رأيت الشرر يتطاير من عينيه ولكنه قام وأمسك بيدي قائلاً في حزم :ـ هسه أتركج حتى تهدين وتفكرين بصورة عقلانية أكثر . ما أريد أفقدج مهرة تره أموت عليج وأحبج . ياللا هسه أروح حتى لا يتعب أعصابك وجودي .

تركني وخرج فشعرت بالروح تفارقني وخلت للحظات أنني سألحق به وأبكي على صدره وأتوسل إليه حتى يسامحني على معاملتي الجافة له ودخلت خالتي لتستفسر عما حدث فوجدتني في أشد حالات الانهيار وسألتني فأخبرتها بكل ما حدث فأخذتني على صدرها ووجدتها ولأول مرة تبكي من أجلي ووجدت لدي رغبة شديدة في النوم فأخذتني خالتي إلى غرفتها وغطتني ورحت في نوم عميق ظللت نائمة عدة أيام لا أنتبه إلا على رنة التليفون الذي أخذته في حضني كحبيب حتى أستمع لرناته عندما يتصل بي ذوذو .

ظل مدة لا يتصل بي وأنا أتلوى من لوعه فراقه كنت أعلم أنه لن يتصل بي فقد طعنته طعنة نجلاء عندما طلبت الطلاق أعلم أنه غاضب ثائر لا يطيق الحديث مع أحد يدخل غرفة نومنا ليس لكي ينام بل لكي يتحسر على الأيام الخوالي ، ترى هل هانت عليه تلك الليالي ؟ كم تمنيت أن يخرس لساني ولا ينطق تلك الكلمة البشعة... أنا لا أريد الطلاق إنني أريده هو إنني أخشى الطلاق كما يخشى الموت. كم أتمنى أن يعود إلى حضني مرة ثانية.

مرت أيام وأيام وهو يتصل بي فلا أرد كانت خالتي من ترد توبخه أحياناً وترغبه أحياناً إلى أن ذهبت على بيتي فقد كنت أرغب في تذكر كل لقاءاتنا معاً في الحديقة ، فوق سطح المنزل في غرفة النوم في المطبخ أنفاسه تحاصرني والشوق يستبد بي ، صوره عندي توقظ حبي الذي أحاول أن أقتله فيأبى إلا أن يعيش ويتغذى من أعصابي التي دمرت .

إحدى ليالي الصيف الطويلة كنت أجلس في الحديقة بين أشجار الفاكهة مسندة رأسي إلى سور الحديقة وأبكي في صمت وأتحسر على حبي الذي فقدته وعلى فارسي الذي اجتذبته مهرة أخرى وتركني بلا فارس.

أغمضت عيني وأنا أبكي ويضطرب صدري من شدة الوجع وبلا مقدمات وجدت من يناديني باسمي " مهرة " كان الجميع هنا ينادوني بـ " توته " لا أحد يتذكر اسم مهرة فتحت عيني لأرى شبح من يناديني ، ذلك الصوت المحبب أعرفه جيداً إنه صوت فارسي البعيد ، نظرت إلى الشبح الذي بدا فارع الطول في الظلام في ذعر. لقد استجاب الله لصلواتي .كنت أصلي وأدعو الله أن يأتيني ليضمني إلى صدره ويواسيني وبلا وعي قمت إليه وارتميت في أحضانه وضربت بكل خططي عرض الحائط، تباً للكبرياء، تباً للكرامة ! إنه حبيبي وأنا أموت في اليوم ألف مرة لبعدي عنه وأخذت أبكي وأبكي بين ذراعيه وتراءت أمامي كل أحزاني وآلامي مذ كنت طفلة إلى الآن ، إنه جبل من الآلام أردت أن ألقيه عن كاهلي الذي ناء بثقله عمراً كاملاً ، همس لي أنه يحبني وأنه يحترق بنار بعدي عنه وصدقته ، في تلك اللحظة كنت أصدق أي شيء يقوله ، لو طلب مني أن أعطيه كل مالي وبيتي وأرضي وأهلي وأن يقتلع عقلي من رأسي كنت سأوافق بلا تردد .

أخذني إلى داخل المنزل وبدبلوماسية شديدة حملني إلى غرفة نومي التي كنت أكرهها بعدما افترق عني ، لم أعارضه وهو يمسك بي كدمية يتحكم بي مثلما يريد فأنفذ أوامره بلا نقاش كان دافئاً حنوناً كعادته ولكنه هذه المرة كان أعنف ثورة وأكثر شوقاً وفي النهاية وضع رأسه على صدري ونام وأغمضت عيني أنا الأخرى ونمت لأول مرة منذ شهور كنت فيها أنام لكي أتعذب لا لكي أستريح وأهرب من واقعي شديد الإيلام .

بعد عدة ساعات استيقظت فوجدته جالساً بجواري وابتسم عندما افتر ثغري عن ابتسامة فسألته لم تبتسم ؟ فأخبرني أنه جائع فتذكرت أنني أيضاً جائعة فاتصلت بأحد مطاعم المشويات في المركز ليرسل لي عشاءً فاخراً يليق بالمناسبة.

لم نتكلم كثيراً فقد كان مطرقاً لم يكن مرحاً كعادته كان صامتاً كأنه خجلان لم يكن شامخاً كعادته. لا أتذكر من كلماته سوى قوله بأن تلك الزيارة لم تكن سوى لإثبات حبي له، أراد أن يتأكد من أنني ما زلت أحبه وقد تأكد.

لم يطلب مني أن أسامحه لم يخبرني عن زوجته الأخرى ولم يسألني كيف اكتشفت زواجه. فقط طلب أن أعود معه إلى منزلنا في القاهرة وأن نمارس حياتنا كزوجين بصورة طبيعية ، وعدته أن أفكر وما أن اتجه بسيارته إلى القاهرة حتى عادت الوساوس إلى مرة ثانية ، عادت أقوى وأعتى من ذي قبل وأخذت ألوم نفسي على ما فعلت ، لماذا خضعت له وارتميت في أحضانه ونسيت كبريائي وإهانته لي نسيت نظرات تولاي لي التي تشبه نظرات الشفقة على الزوجة المخدوعة . لم فعلت ذلك؟ بماذا سأواجه أهلي عندما يعلمون بذلتي ؟ ماذا سأخبرهم ؟ إنني لا أريده. لا أستطيع أن أكون زوجته بعد الآن. إنني لا أحبه لم أعد أحبه أبداً سأطلب منه

الطلاق بصورة نهائية حتى أثبت له أنني لا أحبه كما يتوهم لقد رفض طلاق زوجته الأخرى من أجلي إذن لا فائدة من الانتظار.

في اليوم التالي اتصلت بمحاميّ وطلبت منه رفع دعوى طلاق وجلست أنتظر نتيجة ما فعلت وبعد عدة أيام اتصل بي وكان ثائراً مصدوماً من فعلتي ووعدني بأن يحقق لي ما تمنيت إن كان هذا ما يريحني .

طلب مني موعداً لإتمام إجراءات الطلاق وفي الموعد الذي حدده الشيخ حسن أتى لكي ينهي كل شيء طلب لقائي حتى يطلب مني التفكير للمرة الأخيرة ولكنني صممت فطلب مني أن أوقع قبله على الأوراق فإن وقعت وقع بلا نقاش ، ووقعت ووقع هو بعدي ثم ذهب وما أن تأكدت أنه ذهب حتى خارت قواي وانهارت أعصابي و أخذت أبكي في هستيرية ، لقد ضيعته من يدي للأبد ضيعت حبي الأهم والأوحد .

كان الجميع يساندوني ولكنني لم أكن أريدهم كنت أريده هو. أحاول أن أضغط على نفسي حتى أبدو سعيدة أمامهم ولكنني أتعذب كمن يمشي على الجمر.

ولم يطل الوقت حتى شعرت بدبيب حياة جديدة بداخلي شعرت بالضيق الشديد والتعب فذهبت إلى الطبيب الذي طلب مني تحليلاً ليرى إن كنت حاملا أم لا ، كانت خالتي ترافقني وصعقت فلم تكن تعلم بزيارة زوجي المفاجئة لي حقيقة لم يعلم أحد بها حتى بدوية كانت نائمة وقامت مبكراً إلى السوق فلم تر شيئاً .

كانت نتيجة التحليل إيجابية وأصبحت في مأزق وتذكرت أحد المواويل السعودية التي أسمعني إياها " دايم " أحد أصدقائي السعوديين على الإنترنت كان الموال يحكي قصة زوج وزوجته من قبيلتين مختلفتين في شمال المملكة وقامت حرب بين قبيلة الزوج وقبيلة الزوجة وكعادة البدو أخذ والد

الزوجة ابنته لديه وجن زوجها ولكنه وجد وسيلة ليتواصل معها فقد كان كل ليله يذهب إلى مكان قريب من خدرها ويعوي كعواء الذئب ثلاث عويات فتعلم الزوجة المحبة أنه زوجها فتذهب إليه ليقضيا وقتاً حميماً معاً ثم تعود الزوجة مرة ثانية إلى خدرها ، فجأة اكتشف الأهل حمل ابنتهم وأصبح أهلها في مأزق كبير لقد أخذوها منذ فترة طويلة لذا لا يعقل أن يكون الحمل من الزوج وأراد شقيق الزوجة أن يسأل الزوج فغنى على مقربة منه قائلاً :-

يا ذيب ياللي تالي الليل جريت   ثلاث عويات قويات وصلاب
أبسألك بالله يا ذيب ايشسويت   يوم الثريا ثلجت والقمر غاب

فرد الزوج قائلاً :-

عز الله إني في ذراكم تعشيت وأخذت شاة البيت من بين الاطناب
على النقا ولا الردى ما تهقويت وانتم نسبنا يا عريبين الانساب

فاطمأن الأهل إلى حسن سلوك ابنتهم ، وتذكرت وضعي فصارحت خالتي بما حدث ودافعت عن نفسي إنني لم أفعل شيئاً محرما إنني أنثى وضعفت أمام زوجي لم أفعل شيئاً يغضب الله ماذا أفعل هل أنتحر؟ وتحملت توبيخ خالتي وتوبيخ هالة، وهذه المرة طلبت مني خالتي إسقاط الجنين حتى لا يربطني شيء بطليقي. ما معنى أن أنجب طفلاً أعلم مقدماً أنه سيربى بلا أب وتضامنت هالة معها ، وقف الجميع ضدي ولكنني واجهتهم بكل قوة وحسم أنا لن أمر بتجربة الإجهاض تلك مرة ثانية ، إنني لا أرغب في التخلص من الطفل لأنني لن أتزوج ثانية بعده ، لن يملأ رجل آخر فراغ قلبي ، بل إن قلبي بالأساس ليس فارغا ،إنه ما زال يتربع على عرش شرايين قلبي .سأحتفظ بطفله حتى يعيش بداخلي وأراه كلما نظرت إلى الصغير .

عرض علي الشيخ حسن أن يتصل به ليخبره بحملي ولكنني رفضت ، إنني ما زلت في عدة الطلاق وله الحق في أن يعيدني إلى عصمته بدون موافقتي متى أراد وطلبت منه تأجيل إخباره إلى أن تنتهي العدة .

ومرت الأشهر ثقيلة وأنا أعاني وأتألم وأتحمل في صبر وصمت ، وطلبت مني نجوى أن أذهب إليها في القاهرة حتى نحتفل معاً بشركة السياحة التي أسسها زوجها وذهبت لأبارك لهما فدعاني زوج نجوى للعشاء في أحد الفنادق الفخمة وفي أثناء تناول العشاء لمحت ذا الفقار من بعيد ، كان بصحبة زوجته وبعض الأشخاص .

شعرت بالطعام يغص في حلقي وبعد أن انتهى العشاء طلبت من نجوى أن أنسحب لأنني أشعر ببعض التعب ورفضت نجوى انسحابي فأشرت إليها إشارة خفية ورأته كان مشغولاً بالحديث يرتدي نظارة طبية وقد أطلق لحيته فبدا أكثر جمالاً وجاذبية. إنني مسكينة إذ فقدت ذلك الشاب ، وحمدت الله أنني ما زلت احتفظ بعقلي إلى الآن ، قمنا لنخرج فلمحنا وفي خلال دقائق كان قد استأذن ممن معه وأتى خلفي لقد لاحظ بدانتي وانتفاخ بطني . لا أدري كيف واجهته في تلك الليلة . كانت ليلة عصيبة أمسك بيدي وسألني عن ذلك الحمل فأخبرته بأنها طفلته هو وشعرت بغضبه وثورته وهو يسألني في حنق لم لم أخبره فجاوبته ببساطة بأن إخباري له ليس له أي أهمية ، لقد انتهت علاقتنا كزوجين مذ تجرأ ووقع على أوراق الطلاق إذن لا يجب أن يلومني ، لا يجب أن يلوم إلا نفسه ، هو من غدر وخان هو من طلقني اليوم وأحضر زوجته الأخرى لتعيش في بيتي في اليوم التالي وعلى فراشي ، طلب مني أن أسمح له بالاطمئنان علي وعلى الطفلة كلما سنحت الظروف فسمحت له ، لم لا فأنا إنسانة مثقفة متفتحة ولست منغلقة التفكير ، إنني أحمل ابنته بين

أحشائي وهو يرغب في الاطمئنان عليها فلا مشكلة لدي على الإطلاق وكما قال الدكتور إبراهيم ناجي :

إن حان لحن الختام   صار النشيد دعاء
مر الهوى في سلام   فلنفتـــرق أصدقاء

عدت إلى القرية وأنا أتحسر ولكن ليس مثل الأيام السابقة خفت حدة ألمي قليلا فقد نظرت إلى عينيه الذابلتين طويلا ورأيت نفسي فيهما إنه ما يزال يحبني لقد شعرت بذلك، أحسست به.

كان يتصل بي أحياناً ليطمئن علي فيتجدد نشاطي وتعود إلى روحي ، كنت في الحقيقة أعد الدقائق حتى يتصل بي وانتظر مكالمته بفارغ الصبر .

أحد الأيام اتصل بي ليحثني على إنهاء الرواية التي أكتبها فقد كنت مرتبطة بعقد طويل الأمد مع دار النشر وكنت قد كتبت جزءً وحدثته عنه فطلب مني إكمالها حتى يتم طباعتها قبل افتتاح معرض الكتاب ، وما أن أغلقت هاتفي حتى أمسكت بالقلم وأخذت أكتب واكتب وأكتب بلا هوادة لا لشيء سوى لكي أنهي الرواية وأجعله يقرأها وما أن انتهت حتى اتصلت به وأخبرته أن النص أصبح جاهزاً فطلب مني أن أذهب لأسلم له النص يداً بيد .

كان من الصعب علي الذهاب إلى دار النشر فقد كان الجميع يعرفونني ويعرفون ما حدث بيننا ولكنني قررت الذهاب أنا لم أفعل شيئاً أعاتب عليه ووجدت استقبالاً حافلا من الجميع وشعرت بالتعاطف في عيونهم ، ولم يكن موجوداً ولكنه حضر خلال دقائق ليجد عاصفة من الترحيب بي من مساعديه وكل من يعمل هناك .

دعاني إلى مكتبه وبدون أن أنطق سلمته النص وطلبت منه أن يعطيه لأحد ليقرأه ولكنه أخبرني أنه هو من سيقرأ ويقرر وليس شخص آخر ، هممت بالمغادرة فقام من مكتبه

144

ليودعني ولكن فجأة نظر إلى بطريقة غريبة وسألني عن حركة الطفلة فأخبرته أنها نشطة قوية فطلب مني أن أسمح له أن يشعر بحركتها ، لا أدري كيف سمحت له بتحسس بطني ، كان قراراً سخيفاً مني أن أجعله يلمسني بعد طلاقنا ولكن الحنان والندم في عينيه جعلوني أسمح له بلا تفكير .

في اليوم التالي اتصلت بي تريزا لتخبرني أنه انهار بعد أن غادرت فقد دخلت عليه لتخبره أن أحد الكتاب يود مقابلته فوجدته يبكي مما أذهلها فهو القوي الجسور صاحب الشخصية التي لا تنكسر وسألته لم يبكي فأخبرها أنه لا يتحمل أن تولد طفلته بعيداً عنه وأن تربى في غير حضنه .

كنت أعلم جيداً أنه يتعذب ولكن ماذا أفعل له إنه راشد عليه أن يتحمل نتيجة أخطائه ويكفيني ما شعرت به من العذاب والألم يكفيني ما شعرت به من نيران أحرقت كبدي .

لا أدري لم لم تخفت حدة ولعي به على الرغم من انفصالنا ، كانت أغلى أمنياتي أن يتصل بي ليطمئن على الطفلة بعد أن كان معي ليل نهار ولكنني صاحبة القرار ولابد لي أنا أيضاً من تحمل نتيجة قراراتي ولو كانت مؤلمة .

كانت الشهور الأخيرة للحمل شديدة التعب ولكنني كنت أقاوم حتى أبدو أمام الجميع قوية ، كففت عن البكاء وبدأت في ممارسة حياتي وأنا أقنع نفسي وكل حواسي أنني ابتعدت عنه للأبد ولا مجال لعودتنا إلا بحدوث معجزة ولا أعتقد أن عصر المعجزات امتد للقرن الواحد والعشرين .

أحد الأيام كنت أكتب أحد المشاهد التي طرأت على بالي وفجأة شعرت بآلام شديدة تضربني بقوة ، أغمضت عيني إلى أن انتهت الآلام وناديت بدوية وطلبت منها أن تحضر لي هالة على وجه السرعة ، وخلال دقائق كانت هالة قد حضرت ومعها خالتي ، كنت خائفة لا أدري لماذا ، طوال فترة الحمل كنت مرتعبة من اللحظة التي ستفاجئني فيها آلام الوضع وأنا

وحيدة ، لم أكن وحيدة في الواقع ولكنني كنت أتمنى أن يكون هو معي . كلما زادت على الآلام كنت أتذكر عندما كنت أضع طفلي الأول " كاظم " كنت عندما أتألم أمسك به واحتضنه في قوة فأشعر بالأمان ، كان يشجعني ويعاضدني أما الآن فعلى الرغم من وجود الجميع معي إلا أنني خائفة مرتعبة ، كنت في كل المواقف أقارن بين حياتي معه وحياتي بدونه فترجح كفة الأيام الخوالي ، وتمنيت في وسط آلامي أن أراه ولو للحظة واحدة ، لحظة واحدة فقط أنظر إليه فيها ، كلما آتاني الألم أشعر بأن شيئاً ما يضغط على أنفاسي ويشعرني بالضيق ولا شيء يخفف عني أتوسل إلى الطبيب أن يرحمني أن يعطيني مسكن أي شيء يخفف عني ولكنه لا يستجيب بل بالعكس أعطاني بعض الأدوية التي أشعلت الآلام بداخلي حتى أجهدني فلم أعد أستطيع حتى أن أتنفس ، وتوسلت إليهم أن يتركوني أنا لا أرغب في مساعدتهم ، أرغب فقط أن أنام وأستريح من كل تلك الآلام المميتة التي لم أصادف مثلها في حياتي بالكامل ، لقد مت سريرياً من قبل ولم أشعر بذلك الوجع الكفيل بقتل أي إنسان وتيقنت تماماً أن الولادة أصعب بكثير من الموت ، يا إلهي على الرغم من أنني أرى الموت بعيني إلا أنني لم أزل أتذكره وأعتقد أنني لو رأيته لسكنت كل آلامي واسترحت وأغمضت عيني في سلام ، كدت أصرخ باسمه من قوة الألم ولكنني تجلدت حتى لا يشعر أحد أنني أريده ولكنني أريده ، أنا أبداً لم أتخل عنه ، إنه حبي على الرغم من كل ما حدث تكفيني لمسة من يديه ، نظرة من عينيه ، لا أريد أي شيء في تلك الدنيا سواه حتى تلك الطفلة التي أشعر بها تتخلص من سجنها بداخلي لا تعوضني حبه ولا حنانه .

أغمضت عيني وسمعت الطبيب وهو يطلب من هالة أن تلبس الطفلة . كنت أتمنى أن أنام ولكني لم أستطع النوم فقد

146

ضيع صوت صراخ الطفلة النوم من عيني وطلبت أن أراها.
إنها طفلة جميلة بدينة ، اغرورقت عيناي بالدموع حين
رأيتها وتذكرت أنها ستعيش بعيدة عن والدها الرائع صاحب
القلب الكبير الذي اتسع لامرأتين في وقت واحد ولم يشعر
إحداهما بالنقص .

في الأيام الأولى كنت لا أشعر بسعادة لوضعي تلك الطفلة
المميزة كان الحزن يسيطر علي تماماً فوالدها لم يتصل
كعادته ليسأل ظل أكثر من شهر لا أعلم عنه شيئاً ، لا أدري
أين هو ولا ما أصابه ، كانت هالة وخالتي من يعتنون بالطفلة
أما أنا فكنت كالميتة أرضعها وأضعها بجانبي كأنني لا أعرفها
، عندما تبكي أضيق من بكائها لدرجة أن أبكي أنا الأخرى .

مرت أسابيع واستردت عافيتي وبدأت في العناية
بالطفلة بنفسي أحملها وأغني لها وأهتم بها ، يذكرني وجهها
دائماً بوجه أبيها حلوة التقاسيم ، نفس العيون السوداء
العميقة التي تغرق من ينظر إليهما ، نفس الشفتين
المكتنزتين ونفس الأنف الحاد المدبب الصغير . كنت أتذكره
دائما كلما رأيتها .

أحد الأيام دق هاتفي ورددت بسرعة خشية أن توقظ
رنات الهاتف الطفلة النائمة وتخدرت أعصابي عندما سمعت
الصوت ، إنه هو ...حبيبي ووالد طفلتي ، سعدت باتصاله
ولكنني رددت عليه بجمود كعادتي منذ طلاقنا ، طلب مني أن
أعذره على عدم اتصاله فقد كانت هناك ظروف قهرية جعلته
يسافر إلى العراق فقد توفيت جدته لوالده وذهب إلى العراق
للعزاء وظل ليواسي والده بعدها سافر إلى عمه الأستاذ محمد
في استراليا حيث قضى هناك مدة يستجم فيها .

سألني عن موعد الوضع فأجابه بكاء الطفلة فبهت
واعتذر لي عن عدم سؤاله الفترة السابقة وسألني هل
سميتها أم لا فأخبرته أنني أسميتها " سناء " تيمناً بعمته

التي أحبها ، صمت وطال صمته وكلل صمته في النهاية بطلبه أن يأتي لرؤية الطفلة وأذنت له حتى يراها ويرتبط بها ليس لحقه كوالد أن يراها ولكن ليتعذب عندما يفترق عنها ويتركها إنه حنون وهي قطعة منه ولابد أنه سيتعذب عندما يتركها ويذهب .

في اليوم التالي أتى في الموعد المحدد محملاً بأكوام من الهدايا والملابس لي وللطفلة لم أرده في الواقع ، لم أخرج لأحييه فهو ضيفي ولكني خشيت إن مد يده ليسلم علي أن أفتح ذراعيّ واحتضنه ، قابله أحمد وجلس معه فترة طويلة وأخذ الطفلة مني ليراها لأول مرة ووصف لي أحمد مشهد اللقاء الأول أخبرني أن ملامحه انقبضت وتغير وجهه وأخذ الطفلة وضمها على صدره واغرورقت عيناه بالدموع وأخذ يقبلها في لهفة ، يقبل وجهها ويديها وحتى قدميها وفي النهاية ودعها وانصرف .

مرت أسابيع وشهور وأنا ما زلت في نفس الغيبوبة التي أعيش بها ميتة لكنى أتنفس ابتسم وبداخلي قلب ذبيح ،لا أستطيع التخلص من حبه فطيفه يحيط بي من كل اتجاه أردت أن أنساه فوقفت أمام المرآة أنظر إلى وجهي فتذكرت قبلاته ولمساته إذن كيف أنساه ، ماذا أفعل لكي أنساه ؟ إنني أموت !

أرسل لي ذات يوم أغنية مجسمة على هاتفي تقول كلماتها :

حبيبي داب قلبي وعيوني دابو .....وانت بعيد عني أفراحي غابو ...... ليه وانت روح قلبي ترضى بعذابو ....يرضيك يقولو عني حبيبه سابو "

قطعت الكلمات شرايين قلبي وشعرت بالحنين يغمرني ويجذبني إليه وكدت أتصل به وأطلب منه أن يأتيني فأنا أموت شوقاً إلى ذراعيه وصدره ولكنني تمالكت نفسي وأرسلت له

أنا الأخرى أغنية مجسمة رداً على أغنيته إنها أغنية القيصر " وأيه يعني " تقول كلماتها :

وأيه يعني لو نكر حبي وخان .....ما هو أول ولا آخر من يخون .....دام نحيا في زمن ما فيه أمان ....شي طبيعي عشرتي عنده تهون....كان يا مكان في ذاك الزمان نبض في قلبي وفي عيوني عيون ....كان وكلمة كان ضاعت في اللي كان ما تصورته بها لقسوة يكون "

وصلته الأغنية فاتصل بي ليشكرني عليها ويعاتبني على الرد القاسي وأخبرني في وسط الكلام أنه طلق تولاي منذ فترة فهي لم تتحمل طباعه فتركته وعادت إلى تركيا طالبة الطلاق وأنه لبى لها طلبها .

رقص قلبي بداخل صدري طرباً وكدت أصرخ في سعادة لولا أنني تذكرت أنني أيضاً مطلقته ولست زوجته. إنها تعيسة من تطلب من زوج كهذا الطلاق . لمح لي بالعودة إليه ولكنني تغابيت وتظاهرت بعدم الفهم .

بعد عدة أيام كنت جالسة في الحديقة بصحبة سناء عندما أتت بدوية مسرعة وهي تحمل هاتفي وقالت :ـ إلحقي يا أم سناء واحد بيرطن مش فاهمة هو بيقول أيه وعايزك .... أخذت من يدها الهاتف وأجبت أنا وصدمت لدى سؤالي المتكلم عمن يكون إنه .... جد طفلتي ...والد حبيبي...... اتصل بي لكي يدعوني لزيارتهم في العراق لكي يرى الطفلة ولا يستطيع أن يغادر العراق لظروف تتعلق بحساسية عمله السابق كضابط طيار في الجيش العراقي المنحل.

تعللت بأنني لا أستطيع السفر ولكنه ألح علي لكي يرى حفيدته الأولى ولكي يصحح الوضع الخطأ الذي تسبب فيه ابنه عندما أخفى زواجنا عنه.

في النهاية وعدته بأن أفكر في طلبه جدياً ولكنني كنت أعلم أنني لن أفكر فليس هناك ما يدعوني لأن أذهب للموت

أنا وطفلتي، إن الموصل بل العراق ككل مكان خطر لا يجازف عاقل بالذهاب إليه في تلك الظروف .

أغلقت الهاتف وشردت بفكري بعيداً كنت أنظر إلى سناء طفلتي وبدوية تداعبها بعيداً عني بعدة أمتار ولكن عقلي شارد وفجأة تذكرت أن لتلك الطفلة الحق في أن تعرف أهلها أن يكون لها والد ككل الآباء وجد وجدة وأعمام لم لا ؟ لم لا أذهب إليهم .....لا... لا أستطيع الذهاب إنه ضرب من الجنون أن أذهب إلى منزل أهل طليقي وأعيش معهم ومعه تحت سقف واحد ، لقد تعبت من التفكير ، أريد بشدة أن أذهب قلبي يدفعني ولكن كرامتي وعقلي يرفضان بإصرار وإذ أنا على تلك الحال أتت هالة لتطمئن علي وأخبرتها بالمكالمة التي وردت إلي وبطلب جد طفلتي وأنكرت علي شقيقتي العاقلة حيرتي وطلبت مني ألا أفكر في هذا الموضوع فلم يعد هناك صلة بيني وبينهم بعد كل ما حدث لقد كانت علاقتنا " خالتي وخالتك واتفرقوا الخالات " على حد وصفها وناقشتها بضرورة أن يكون لابنتي أهل فلم ترد فهي مثلي إلى الآن تفتقد أم وتحن إلى حنان الأب لم نراهما ولم نتربى في كنفهما ولمعت عيناها وقالت " مش يمكن أبو ذو الفقار عايزك عشان يقنعك ترجعي لابنه؟

أسعدني استنتاجها لم لا ؟ ربما فعلا يرغب في أن يصحح ما أفسده ولده الأكبر كم تمنيت أن يكون ذلك هو سبب الدعوة فعلا !

في اليوم التالي اتصل بي ذو الفقار وطلب مني أن أطيع والده فقد حقق لي ما كنت أتمناه من الاعتراف بالطفلة وبزواجنا الذي انهار . أخبرت هالة خالتي فولولت كعادتها وندبت واتهمتني بالخيبة والجبن فطمأنتها أنني لا أفكر في الذهاب إلى العراق .

وفي الواحدة ليلاً دخلت لأنام وما أن أغمضت عيني حتى رأيته في منامي ، رأيته وسيماً فاتناً كعادته كان بالعراق يسير معي وفجأة وجدت نساء كثيرات يتشحن بالسواد فسألت عن الميت فأخبروني أنه هو من مات وذهبت إلى الغرفة التي سجى فيها جسده فرأيته في أكفانه وكشفت وجهه وأخذت أبكي وتتساقط دموعي الغزيرة وفجأة وجدته حياً وقام وخلع عنه الكفن الأبيض وارتدى أفخر ثيابه وخرج من الغرفة ليتحول المأتم إلى زفاف وتعالت الزغاريد من حولي وأنا أنظر إليه وهو يسير إلى مكان بعيد حيث كانت تنتظره عروس جميلة لم أر في مثل جمالها أبداً جلست في لهفة تنتظر أن يجلس هو بجوارها وأخذه شاب وسيم من يده ليوصله إلى تلك العروس وامتلأ قلبي حقداً على ذلك الشاب وسألت من هو فأخبرتني إحداهن أنه عمر ابن عمته ضغطت على نفسي لأصمت حفاظاً على كبريائي إلا أنني لم أستطع وانهارت أعصابي وأخذت أصرخ وأصرخ إلى أن استيقظت من النوم على صوت بدوية وهي تمسك بي وأنا ما زلت أصرخ .

كنت أرتجف وقد تصبب جبيني عرقاً وتملك الخوف من قلبي تماماً وأحضرت بدوية بسرعة كوباً من عصير الليمون ولكنني مددت يدي إلى هاتفي وضربت رقم حبيبي ووالد طفلتي بلا وعي ، مر وقت طويل حتى رد وهو شبه نائم :ـ
هلو مهرة شبيج عيني ؟
قلت في ذعر :ـ ذو الفقار انت كويس ؟
قال في هدوء :ـ لا ....مو كويس .
ـ مالك تعبان؟
تنهد في عمق قائلاً :ـ إي ... آني كلش تعبان .
انفجرت في البكاء فقد أثارت نبرة الحزن في صوته مخاوفي فصدم من تصرفي الغريب وسألني عما حدث ولكن لم أجب فقط سألته عن موعد سفره للعراق فأخبرني أنه جهز

151

كل شيء لم يبق سوى موافقتي لأرافقه حتى يسافر طلبت منه ألا يسافر ولكنه كان مصمماً على السفر ومصمم أكثر على ذهابي معه حتى يرى أهله الطفلة وفجأة وبعد أن قررت ألا أذهب غيرت قراري وأخبرته أنني سأكون غداً في القاهرة استعداداً للذهاب معه إلى سوريا ومنها إلى العراق . لم يصدقني سوى عندما وجدني أنتظره في المطار أنا وسناء التي ما أن رأته حتى فتحت له ذراعيها فحملها وقبلها ، خلال ساعات بسيطة كنا قد وصلنا إلى مطار دمشق بعدها التقينا بأحد أعمام ذي الفقار الذي يعمل في سوريا وأوصلنا إلى الحدود ، كانت الرحلة كلها بكفة وعبورنا الحدود بكفة أخرى كانت الإجراءات مشددة منعاً لدخول الإرهابيين . ظللنا عشر ساعات وعلى الرغم من الوسائط والضباط كبار الرتبة الذين توسطوا لنا حتى تقل مدة انتظارنا وفي النهاية عبرنا بعد أن طفح الكيل من الابتسامات والوعود والردود الدبلوماسية ولكننا كنا نعذرهم في الحقيقة فأعداد العابرين كبيرة والوضع الأمني في الداخل يجعل المرء يشك حتى في نفسه .

قابلنا "حمودي" أو محمد الشقيق الأصغر لذي الفقار كان شديد الوسامة يشبه شقيقه الساحر بل ويتفوق عليه في الهدوء والرزانة كنا نستقل سيارة حمودي من الحدود السورية إلى الموصل وشاهدنا آثار الدمار في كل مكان إمضاء الموت على كل شارع وعلى كل بيت .

دخل الرعب قلبي عندما شاهدت حجم الدمار في مدينة الموصل لقد دخلت بلا وعي إلى فم التنين وأخشى أن ينتبه ذلك التنين لوجودي فيطبق علي أنيابه. نفضت الأفكار السوداء عن رأسي وبددت تلك الأفكار تماماً مقابلة أهله لي ، قابلوني بحفاوة بالغة وألفتهم جميعاً ولم أشعر معهم بالغربة فوالدته سيدة طيبة حنونة عاملتني برقة متناهية وآلاء

152

شقيقته فتاة رائعة أشعرتني كأنها مرآتي حتى مريم تلك المراهقة الصغيرة المشاغبة كنت أشعر معها بالسعادة .

كنت أرغب في قضاء أسبوع واحد أعود بعده إلى مصر خاصة أنني لم أخبر أحداً بسفري المفاجئ سوى نجوى ، وأعربت للجميع عن امتناني بدعوتهم لي ولكنني أرغب في العودة إلى أهلي فطلب مني حمودي ألا أسافر قبل أن أحضر معهم حفل زفافه وهو بعد عشرة أيام . ووافقت على مضض ، إنني أخشى الانفجارات والمفخخات . أخشى أن أغمض عيني يوماً فأصحو ولا أجد طفلتي . فقد كنت أحيانا أصحو على صوت القصف الجوى فأصاب بالذعر ، لا أستطيع أن أعيش تلك الحياة القلقة الفزعة ، لا أستطيع أن أفقد يومياً صديقاً أو جاراً أو عزيزاً إنهم يعيشون تحت ظروف قاهرة لا يمتلكون خياراً ، الموت لديهم كالمقرر الدراسي لابد أن يمروا بين أضراسه يومياً والمحظوظ من ينجو .

كانت روحي تتوق لزيارة كوكب الحب " بغداد " الذي طالما حكي لي ذو الفقار عنها عن شوارعها وميادينها وانتهزت فرصة ذهاب حمودي إلى بغداد لقضاء بعض حاجاته وطلبت منه أن أرافقه وطلبت من آلاء مرافقته فرحب ولكن "ذوذو " استشاط غضباً عندما علم بمرافقتي لحمودي وأخبرني أنه سيأتي معنا إلا أنني رفضت فقط لكي أثير غضبه .وذهبنا وما أن رأيت بغداد التي كنت أراها على شاشات التليفزيون كأجمل ما يكون حتى وجدت نفسي أبكي في صمت فقد أصبحت كئيبة مظلمة مهدمة يكلل السواد جدران مبانيها بقايا السيارات المتمردة على أطراف الشوارع مشاهد يقشعر لها البدن ودخل قلبي الخوف وتمكن مني تماماً كلما مرت سيارة أظنها مفخخة ستنفجر في سيارتنا كلما مررنا على سيارة واقفة ينتفض قلبي وأضم طفلتي في فزع .

في المساء عندما عدنا حكى حمودي لوالده ما رأى ورأيت الدموع تملأ عيني الصقر العراقي كث الشارب عميق العينين وقام ليدخل إلى غرفته ففهم الجميع أنه يتواري منا خوفاً أن تسقط دموعه أمامنا .

أخذت طفلتي ودخلت لأنام وبعد حوالي ساعتين أفقت على صوت صراخ " سناء" ابنتي كانت تصرخ بشدة وارتفعت درجة حرارتها وبسرعة أعطيتها بعض الأدوية التي أحضرتها معي من مصر ولكن الطفلة ظلت تصرخ وسمعت آلاء صراخ الطفلة وأتت في سرعة فوجدتني أبكي فلا أستطيع أن أذهب بها إلى مستشفى بسبب حظر التجول ليلاً والطفلة لا تستجيب للدواء وذهبت آلاء لوالدتها وأيقظتها فاستيقظ الوالد واستيقظ البيت كله ولم يتحمل ذو الفقار رؤية الطفلة تتألم وصمم على أخذها للمستشفى ورفض والده بشدة واتهمه بالجنون فخروجه في ذلك الوقت معناه الانتحار بأسوأ وسيلة . ولم يهتم بكلام والده وطلب مني تجهيز الطفلة ليأخذها لأقرب مستشفى بعد أن اتصل بالإسعاف أكثر من مرة وخشى سائق سيارة الإسعاف الخروج. ووقفت لأول مرة في وجهه وطلبت منه أن يبتعد عن الطفلة فأنا لست في حاجة لأن أفقد طفلتي وأفقده . وجاء تصرف حمودي الهادئ في وقته فقد اتصل بأحد الجيران وهو طبيب وطلب منه أن يأتي لرؤية الطفلة وعلى الرغم من أصوات الانفجارات الناتجة عن القصف العنيف ترك الطبيب منزله في تلك الساعة المتأخرة وأحضر معه بعض الأدوية بعد أن وصف له حمودي حالة الطفلة وما أن رأى الطفلة وفحصها حتى حقنها فهدأت الطفلة ونامت وجهز حمودي غرفته ليقضي بها الطبيب بقية الليل وأخذت طفلتي على صدري وأنا أندم على ذهابي للعراق لقد كدت أفقدها في لحظات . بعد تماثل سناء الصغيرة للشفاء دعتنا سناء الكبيرة والدة الشهيد عمر والعمة الأثيرة لذي

الفقار لزيارتها ولم أرفض فأنا أقدر تلك السيدة وأحبها ولأول مرة منذ ذهبت إلى العراق يتحدث معي ذو الفقار وطلب مني صراحة أمام عمته وزوجها أن أعود إليه فقد أخطأ في حقي خطأ كبيراً لكن قلبي الكبير يمكنه أن يغفر فهو يعرفني متسامحة . لم أجب عليه وقطبت حاجبي تعبيراً عن الضيق فتوسطت عمته وطلبت مني أن أوافق من أجل سناء الصغيرة حتى لا تتربى في أحضان رجل آخر غير أبيها وإكراماً لسناء الكبرى التي تتألم لفراق حبيبين تعلم جيداً أنهما يذوبان كل في الآخر وعلى الرغم من ذلك يعاندان .

لم أرد وطلبت العودة إلى المنزل فأنا لم أتحمل الضغط على أعصابي ، وانشغلت مع الجميع بزفاف حمودي ، كانت ليلة الزفاف رائعة عروس جميلة شديدة الجاذبية من أسرة محترمة . وانتهى الزفاف وبدأت أفكر في العودة إلى وطني وأهلي .

إحدى الليالي نزلت إلى المطبخ لأجهز رضعة سناء كان الجميع نيام ولكنني وجدت ذا الفقار يعد فنجاناً من القهوة ألقيت عليه التحية وبدأت أجهز رضعة الطفلة .

ابتسم عندما رآني ابتسامة رائقة وسألني عن سناء وطلب مني أن أجعلها تبيت الليلة في حضنه فهو يفتقدها ولا يود تفويت لحظة واحدة وهي بعيدة عنه .

شعرت بالأسى إذ أحسست بصدق إحساسه فأطرقت وبغتة اقترب مني و طلب مني جواب طلبه الذي طلبه مني يوم أن كنا عند عمته. في الحقيقة لم يفاجئني سؤاله ولكن فاجأتني الطريقة التي اقترب بها مني لأول مرة أشعر بالخوف وهو معي في الحقيقة لم يكن الخوف منه لقد خفت من نفسي أعلم أنني سأضعف إذا اقترب مني .

اقترب أكثر ..ازدادت دهشتي ..نظرت إليه في استنكار ، لم يبال بنظراتي ،أمسك بكتفي ، وبدون أن ينطق حاول أن

يقبلني ، دفعته عني في قوة ..لم يبتعد ظل يحارب كي يحصل مني على القبلة ، وأنا أدافع عن نفسي في بسالة ..ارتفع صوتي وأنا أطالبه بالابتعاد عني إلا أنه لم يرتدع، همس في أذني بكلمات ذكرتني بليالينا معاً ، ثار كل حنيني له ،استيقظت على الحقيقة التي أحاول تجاهلها ، إنني لم أكرهه قط ، لم أحقد عليه ، إنني أذوب به .

كان يعلم جيداً مدى تأثيره علي ،يعلم مدى تأثير كلماته الرقيقة بالذات ، أمطرني بها ، وأنا أحاول الرفض ، لكنه استدرجني ببراعة كعادته ،استسلمت شفتاي لشفتيه ، طوقته بذراعي ،وتمسكت به ،ونسينا ما كنا نضع على النار ففارت القهوة ،وفار اللبن، وفار كل شيء وفجأة حدث ما لم أتوقعه أفقنا معاً على صوت والده يصيح بنا " ذوذو شدا تسوي ؟ "

كدت أسقط أرضاً وجذبني ذو الفقار لأقف خلفه حتى لا يرى والده كتفي وقد انحسر الروب عنهما ، حتى في موقف كهذا لم ينس الغيرة ، ما زال يغار علي حتى من والده ، كان أسوأ موقف تعرضت له على الإطلاق ترى ماذا سيقول عني الوالد؟

صعدت إلى غرفتي وأنا انتفض من هول الموقف ولم أنم وظللت أتقلب على كل جنب وجسدي بارد كالثلج وكل الأغطية فشلت في تدفئتي .

في الصباح لم أخرج من غرفتي فأتت آلاء لتناديني ، كنت أخشى أن تلتقي عيناي بعيني الوالد الذي كان يحترمني ويقدرني لا بد أنني سقطت من عينه بعدما رأى ما رأى ، لم أستطع تناول الطعام وشعرت كأن الجميع ينظرون إلي ، بعد الإفطار دعاني الوالد لتناول فنجان من الشاي معه في الحديقة وذهبت وأنا أرتجف من الذعر ، كان هادئاً ابتسم عندما رآني وطلب مني أن أجلس وأخبرني أنه لن يضع مقدمات طويلة

لمـا يريد أن يقولـه وسـألني سـؤالاً مباشـراً قـال فـي بسـاطة "
مهرة انتي دا اتحبين ذوذو لو لا ؟

خفضت رأسي فلا مجال للإنكار وأجبتـه:ـ أيوه يا عمـي
بحبه.

فسـألني لـم لا أعـود إليـه فأخبرتـه أننـي أخشـى منـه فقـد
سبق وتزوج علي وحطم قلبي إنني أخشى من خيانتـه ثانيـة
أخشى أن أمر بما مررت به من قبل.

كأنه كان يعلم مسبقاً مـا سـأقولـه فأخبرني أنـه لن يجرؤ
على فعل ما فعل مرة ثانيـة لقد كانـت نزوة وانتهـت وأخبرنـي
أنه بعدما طلقني ذهب إلى أهله منهاراً يبكي كطفل فقد والدتـه
وأنه آن الأوان لكي نعـود لنربـي طفلتنا فيما بيننا كان موقفـاً
صعباً وبدون أن أعي قلت في خضوع " اللي تشوفه يا عمي
أنا تحت أمرك "

وفي ثوان كان قد نـادى ولـده وأخبره أنني وافقت علـى
العودة إليه وشاع الخبر في أرجاء البيت وفي المسـاء أحضـر
المـأذون ليعقد العقد ثانيـة. في الحقيقـة كنت سـعيدة ولكننـي
وجدت نفسي أبكي بدون سبب شعرت بشيء مـا يضغط علـى
أنفاسي ويحزنني وأحاول أن أضغط على نفسي لمنع البكاء إلا
أنني لا أستطيع كان الجميع يحتفل إلا أنا حتى سناء الصغيرة
كانت سـعيدة لـم تبك ليلتها عندما أخذني ذو الفقار من يدي
وطلب من شقيقته آلاء الاعتناء بها .

مـر يـوم واثنـان وثلاثـة ونحن لا نخرج مـن غرفتنـا ولا
أرى طفلتي إلا قليلاً وطلبت منه العودة إلى مصر حتى نبدأ في
ممارسـة حياتنـا بصورة طبيعيـة ووافـق وأخبر الجميـع أننـا
سنعود قريباً إلى مصر.

في اليوم التالي وبينما كنت أساعد آلاء في إعداد الطعام
سمعنا أصوات وهرج ومرج في منزل جارهم الطبيب وسارع
حمودي ليستفسر عما حدث وجاء بسرعة ليخبر والده بأن

157

جارهم الطبيب الذي أنقذ طفلتي قد استشهد هو وزوجته واثنان من أولاده .

كانت فاجعة بالنسبة لأسرة زوجي فالطبيب كان رفيق درب الوالد وزوجته كانت زميلة الوالدة وصديقتها ولهما كثير من الذكريات المشتركة ذكريات حزينة وأخرى سعيدة.

ذهبت بصحبة حماتي إلى العزاء وكانت والدة الطبيب مذهولة تكاد تجن لما حدث لولدها وحفيديها تتساءل عن كيفية موت ولدها هل داسته الأقدام أم اختنق أم ابتلعه نهر دجلة وهو يمشي على جسر الأئمة يمشي لكي يصل إلى ضريح الإمام الكاظم لم يكن يفعل كبيرة لقد استشهد في حب آل البيت .

كان يوماً عصيباً خيم فيه الحزن على كل العراق وتوالت الأنباء المشئومة وأصبح العراق كله شعلة من الغضب إنهم يريدونها فتنة يقتلون السنة ليتهموا الشيعة ويقتلون الشيعة ليتهموا السنة ولا أحد يدري ماذا سيحدث بعد ذلك.

مرت عدة أيام وطلب ذو الفقار من الجميع أن نذهب في سفرة حتى نغير الجو الكئيب الذي نعيش فيه منذ فاجعة جسر الأئمة ووافق الجميع وفي المساء كنت أجهز مع آلاء بعض الأشياء التي سنستعملها في الرحلة وأتاني ذو الفقار فجأة وأخذني من يدي كان ساهماً شارداً وسألته عما به فابتسم في وداعة وأخذني بين ذراعيه وقال في همس " مهرة آني أحبج . أموت عليج . لا تتركيني أبدا يا وردة عمري ولا تنسيني "

كان كلامه غريباً فوضعت يدي على وجهه وقلت في خوف " انت بتقول كده ليه يا ذوذو ؟ انا عمري ما سبتك ولا هسيبك انت روحي وعمري وانت عارف كده "

لم يتكلم وضمني إلى صدره وطلب مني أنا أسامحه فأخبرته أنني لم أغضب منه أصلا لكي أسامحه . كانت لهفته

علي تلك الليلة غريبة وشوقه زائد. كانت ليله غريبة لم تمر علينا طيلة حياتنا معاً ليله مثلها كنت كلما أغمضت عيني لأنام أيقظني إلى أن أصبت بالإعياء وفي الصباح قمت وأنا أجرجر جسدي فلا أستطيع بينما قام هو ليغتسل ويصلي وهو في قمة النشاط وأخذ يسخر مني بسبب حالة التعب التي بدت علي .

ذهبنا إلى دهوك وعلى بوابات المدينة وقفت قوات البشمرگة الكردية بملابسهم المميزة واستوقفونا وبلا سابق إنذار رفضوا دخولنا المدينة . كان حمودي قد دخل المدينة بصحبة زوجته وآلاء والوالد والوالدة وبقينا نحن وحاول ذوذو أن يستميل الحرس بأسلوبه الدبلوماسي وباللهجة الكردية التي يجيدها إلا أنهم أبوا وفاض به الكيل وكلم أحد أصدقائه في أحد الأحزاب الكردية المعروفة وفي لحظات كنا قد عبرنا مصحوبين بتحيات الضباط والحرس ولم يتوقف ذوذو عن مغازلتي طوال الطريق لا أعلم ما سبب سعادته الغير مبررة كان يسخر من كل شيء ويضحك بطريقة غريبة حتى خشيت أن تكون هذه الضحكات بداية لألم موجع فلم تتوقف عيني عن الرف منذ وطأت قدماي أرض العراق .

كانت دهوك جميلة آسرة ذات طبيعة رائعة شلالات متدفقة وخضرة تملأ كل مكان قضينا بها يوما من أروع أيامنا . أثناء عودتنا إلى الموصل الحدباء سابق حمودي ذا الفقار بالسيارة وكان ذو الفقار دائماً ما يفوز ولكن هذه المرة قال لي فلندع حمودي يفوز هذه المرة حتى يبدو بطلاً أمام عروسه ، وعلى غير عادته أخذ ذوذو يهدئ من سرعة السيارة إلى أن مرت كل سيارات أسرته وبقينا في الخلف ، مررنا على عدد من الحواجز العسكرية التي انتشرت عليها الشرطة العراقية وقوات الحرس الوطني وأحيانا جنود من القوات المتعددة الجنسيات .

وعلى أحد الحواجز أوقفنا أحد الجنود الأمريكان للتأكد من هويتنا وبعد أن انتهينا من التفتيش نادى أحد ضباط الشرطة العراقية على ذو الفقار قائلاً " يول ذوذو تعالى " وسألته عمن يكون ذلك الذي وتجرأ وناداه بكلمة " ول " أي ولد فأخبرني أنه رعد صديقه المقرب الذي لم يره منذ عدة سنوات ونزل بسرعة ليلتقي به ووقفا بعيداً عن سيارتنا يتسامران ويضحكان وطالت المدة وشعرت بالضيق وبكت الطفلة فأخذت أراضيها إلى أن يأتي والدها الذي بدا كأنه نسانا تماماً فقد كنت مرهقة جداً ويجب أن أنام مبكراً حتى أستطيع أن أحزم حقائبنا غداً فقد حجز لنا ذوذو لنعود إلى مصر بعد غد وفجأة وبينما أن أفكر فيما سأفعله عندما أعود سمعت صوت طلقات رصاص اشتعلت الدنيا حولي كأنني في الجحيم لا أعلم ما حدث ولكنني شاهدت أبشع مشهد يمكن أن يراه بشر مجموعة من الملثمين يمسكون ببنادق آلية ويمطرون كل من يقابلهم بوابل من الرصاص وتوقف قلبي خوفاً على طفلتي وعلى نفسي ، كان الرصاص يتطاير حولي من كل اتجاه ولا أستطيع أن أحرك رأسي حتى لا أصاب برصاصة تفقدني حياتي ، لم أستطع الصراخ على الرغم من رعبي وفزعي وتمنيت أن ينقذني زوجي من ذلك الكابوس الذي أمر به وبعد قليل سكن الجو والتفت أبحث عن زوجي فاصطدمت عيناي بكم هائل من الجثث. نزلت من السيارة وتركت طفلتي وأخذت أنادي بجنون على ذوذو الذي اختفى ورأيته بعيداً ممددا على الأرض وجفت كل دمائي وأنا أرى الدماء تلطخ ملابسه وجريت بكل قوتي لأرى ماذا أصابه ووضعت رأسه على صدري ... ما زال يتنفس ويئن كنت وحيدة ولا أدري ماذا أفعل كان متيقظاً ولكن الدماء تنزف بغزارة من بطنه وصدره وكتفه ثلاث رصاصات تمنيت أن تصيب سويداء قلبي أنا ولا تقترب منه مجرد اقتراب وأخبرته

أنني سأذهب لأحضر السيارة حتى أنقله لأقرب مستشفى فأنا لا أستطيع أن أحمله كل تلك المسافة وحدي ، أمسك بيدي وطلب مني ألا أتركه وطلب مني أن اقترب منه حتى يقبلني . كنت كالمجنونة ولكنه أصر على أن أضع شفتي على شفتيه وأطعته وأنا أرتجف فابتسم ونظر إلى لاشيء وقال " مهرة ديري بالج على سناء ...... أنا أحبج مهرة ... أحبج " صحت على أحد ليساعدني فلم أجد فقمت بسرعة لأحضر السيارة وما أن وصلت إليها حتى رأيت هليكوبتر أميركي أتت وأمطرت المكان بسيل من الرصاص وأخذت السيارة بسرعة لكي أحمل حبيبي الجريح وما أن وصلت إليه حتى صدمت بأبشع وأصعب المشاهد التي مرت بي في حياتي لقد أجهز القناص الأميركي على حبيبي الجريح برصاصة أصابت رأسه ففجرت مخه ووجدته وقد قبضت يده على حفنة من التراب الممزوج بدمه وأخذت أصرخ من هول ما رأيت هو أمامي مسجي على الأرض دمه اختلط بالتراب الذي يعشقه، قريباً منه تمدد صديقه رعد والعشرات من الحرس الوطني والجنود الأمريكان واختلط الحابل بالنابل وأصبح الجحيم جزء من قلبي الذي توقف جلست على الأرض أحتضن جسده الذي طالما دفئني وحماني ، أتحسس صدره الذي كان لا يهدأ فلربما أكون مخطئة ،ربما ستعود إليه الحياة مرة أخرى، وأتت سيارات الإسعاف لتحمل القتلى والجرحى وجاءوا ليأخذوه من بين ذراعي وصرخت فيهم ليبتعدوا عني ألم يكفهم أنه مقتول حتى جثته يرفضون أن يتركوها لي ألم تتركني روحه وتهيم في عالمها بعيداً عني أيستكثرون علي أن أحتضن جسده ؟ أن تتشرب ملابسي وجسدي بدمائه؟ ماذا فعل لهم لكي يفعلوا به ما فعلوا؟ لقد توعدوا بقتل الشيعة لا السنة. وزوجي سني لم يشترك في العملية السياسية ،ولم يلتحق بالحرس الوطني، ولم يصوت في الانتخابات،ولم يكتب

شيئا يثير شهيتهم لقتله لم يؤذ أحداً لم قتلوه إذن ؟ لم فعلوا بي أنا ما فعلوا ما ذنبي؟ ماذا اقترفت ليقتلونني ويدمرون حياتي؟ لم لم يقتلونني أنا؟ كنت على أتم الاستعداد لمقايضة حياتي بحياته، لم لم يخيروني؟ . السفلة....القوادون ماذا استفادوا مما فعلوا؟ ومن هم ليوزعوا الموت مجاناً على من لا يريده ؟

لا أتذكر كثيراً مما حدث بعد ذلك فقد كنت دائماً تحت تأثير المنوم والمهدئات نتيجة الصدمة التي أصابتني ، كل ما أتذكره هو عودتي إلى مصر متشحة بالسواد وطفلتي على ذراعي ومعي حمودي ليتمم إجراءات الميراث ، فقد تنازل الجميع في حقهم من ميراث زوجي الفقيد لصالح طفلته وأصبحت أنا مديرة دار النشر التي يمتلكها فارسي الفقيد . ذلك الفارس الذي ما أن استعدته حتى فقدته مرة ثانية و لكنني كنت قد ذهبت ووقفت على قبره، وأخبرته أنني دفنت قلبي وشبابي في القبر الذي يضمه بين جوانحه ،وطلبت منه أن يهدأ في قبره فلن أسمح بفارس آخر أن يحتوي مهرته الأثيرة ،وسأظل دائماً وفية لأجمل ذكرياته معي إلى أن نلتقي، سأظل دائماً مهرة بلا فارس .

وفاء نصر شهاب الدين

2005/9/19ئ

"..........اقترب أكثر ..ازدادت دهشتي ..نظرت إليه في استنكار ، لم يبال بنظراتي ،أمسك بكتفي ، وبدون أن ينطق حاول أن يقبلني ، دفعته عني في قوة ..لم يبتعد ظل يحارب كي يحصل مني على القبلة ، وأنا أدافع عن نفسي في بسالة ..ارتفع صوتي وأنا أطالبه بالابتعاد عني إلا أنه لم يرتدع، همس في أذني بكلمات ذكرتني بليالينا معاً ، ثار كل حنيني له ،استيقظت على الحقيقة التي أحاول تجاهلها ، إنني لم أكرهه قط ، لم أحقد عليه ، إنني أذوب به .

كان يعلم جيداً مدى تأثيره علي ،يعلم مدى تأثير كلماته الرقيقة بالذات ، أمطرني بها ، وأنا أحاول الرفض ، لكنه استدرجني ببراعة كعادته ،استسلمت شفتاي لشفتيه ، طوقته بذراعى ،وتمسكت به ،ونسينا ما كنا نضع على النار ففارت القهوة ،وفار اللبن، وفار كل شيء "

"..........اقترب أكثر ..ازدادت دهشتي .نظرت إليه في استنكار ، لم يبال بنظراتي ،أمسك بكتفي ، وبدون أن ينطق حاول أن يقبلني ، دفعته عني في قوة .لم يبتعد ظل يحارب كي يحصل مني على القبلة، وأنا أدافع عن نفسي في بسالة ..ارتفع صوتي وأنا أطالبه بالابتعاد عني إلا أنه لم يرتدع، همس في أذني بكلمات ذكرتني بليالينا معاً ، ثار كل حنيني له ،استيقظت على الحقيقة التي أحاول تجاهلها ، إنني لم أكرهه قط ، لم أحقد عليه ، إنني أذوب به .

كان يعلم جيداً مدى تأثيره علي ،يعلم مدى تأثير كلماته الرقيقة بالذات ، أمطرني بها ، وأنا أحاول الرفض ، لكنه استدرجني ببراعة كعادته ،استسلمت شفتاي لشفتيه ، طوقته بذراعي ،وتمسكت به ،ونسينا ما كنا نضع على النار ففارت القهوة ،وفار اللبن، وفار كل شيء"